和你在一起才拥有全世界

糖果欣心 著

文匯出版社

图书在版编目(CIP)数据

和你在一起才拥有全世界 / 糖果欣心著. — 上海:文汇出版社, 2017.6
ISBN 978-7-5496-2083-8

Ⅰ. ①和… Ⅱ. ①糖… Ⅲ. ①长篇小说 – 中国 – 当代 Ⅳ. ① I247.5

中国版本图书馆CIP数据核字(2017)第098093号

和你在一起才拥有全世界

著　　者	/ 糖果欣心
责任编辑	/ 戴　铮
装帧设计	/ 天之赋设计室
出版发行	/ 文匯出版社
	上海市威海路755号
	(邮政编码：200041)
经　　销	/ 全国新华书店
印　　制	/ 北京毅峰迅捷印刷有限公司　010-89581657
版　　次	/ 2017年7月第1版
印　　次	/ 2017年7月第1次印刷
开　　本	/ 710×1000　1/16
字　　数	/ 148千字
印　　张	/ 15
书　　号	/ ISBN 978-7-5496-2083-8
定　　价	/ 35.00元

自 序

年少时，我们每个人的心底或许都滋生过一种爱意，它叫做"喜欢"。

面对喜欢的人，我们羞怯过，也兴奋过，甚至还会变得不能自已。为了能和喜欢的人在一起，我们不顾一切，披荆斩棘。

我们总以为付出一定有回报，努力终将成就圆满，却不知，爱情的结局从不和付出成正比。爱情，是一种惺惺相惜的缘分，是一种与生俱来的宿命，所以，才会有遗憾与错过。

在感情的世界里，我们掉过的眼泪，不光是相拥后的喜极而泣，更多的是分开后对爱情的万念俱灰。

无论结局有多么糟糕，请不要灰心，要知道：每一份爱情都有它的价值跟意义。我们要做的，不只是体味每段爱情美好或悲伤的过程，更应该收获一种成长。

本书包含8个青春期的爱情成长故事，每一个故事的主人公，可能都有我们年少时的影子——乖巧的少女，叛逆的少年……他们演绎着曾经或现在的我们，故事中的一幕幕情景，刻画着一个个记忆中的美好。让我们翻开记忆的扉页，寻找、遇见曾经或现在的自己。

本书每一个故事的背后，都放有"爱情成长箴言"，目的是让读完故事的你，不仅能看到自己的身影，更能明白这样的一份爱，教会了你什么。

当你看完所有的故事，即使将这本书束之高阁，希望你仍能带着它给你的感悟，更好地生活下去！

目 录
Contents

一、谢谢你，对我撒的谎 // 001

　　青春年少时，我们总是渴望刻骨铭心的爱情，然而我们却不知道，越是刻骨铭心的爱，越要付出大代价。当爱耗尽，一切面目全非时，你是否还泥足深陷，不肯面对如此狼狈的自己？

二、有一种爱，是无法回忆的伤 // 024

　　24岁那年，一个女孩突然闯进了我的生活。令我没有想到的是，她的出现，掀开了我人生的另一页——我的青春，我的爱情，从此轰轰烈烈，与众不同。即便多年后，我的脑海里依旧深深地刻着她的面容。她的名字就像心口的一颗朱砂痣，永远抹不去。她叫顾北惜。

三、再见，记忆里的追风少年　// 055

　　回家后，窝在沙发里，我的心还在止不住地难过。我觉得上帝就像一个顽皮的孩子，他把我当成了好玩的玩具，随意玩弄，却没发现原来玩具也会流泪。说来可笑，这个世上有很多遇见都会成为一次好的开始，唯有你我的相遇，从一开始，就是为了错过。

四、你为她停止流浪　// 096

　　都说浪子无心，一生花草丛中过，从不停止奔走流浪。白壹，我以为放在你身上也是如此，若真是这样，我愿原谅当初选择离别的你；可如今，你为她停歇，终止流浪，怎能不让我悲伤。

五、红玫瑰的眼泪，说不出的伤悲　// 122

　　"楚楚，你看过张爱玲写的《红玫瑰与白玫瑰》吗？"醉意未醒的我，摇了摇头。他又接着说："其实我也没看过，不过那里面有一句话说得很好：也许每一个男子全都有过这样的两个女人，至少两个。一个红玫瑰，一个白玫瑰……"

六、哈尔滨没有下雪　// 162

那时，我终于明白，路安雪对你来讲可能是一生只爱一次的那个人，你所有的好都只赠予她一个人，没有他人的份儿。

明白的这一刻，我不得不承认无论自己怎样步步为营，小心翼翼，也照样会输得一败涂地。

七、时光未曾苍老　// 183

青春很短，回忆却很长。我们携手并肩一起走了这么多年，褪却儿时的稚嫩，成长为如今的少年。回首沿途的风景，不禁感慨万千，原来一切都在变，包括我们的容颜。唯一没变的是，我还在你身边。

八、这个世界没有童话　// 211

　　看着纸条上的字,我的眼泪止不住地往下掉。原来,再伟大的爱也抵不过现实的残酷。顾北!你用三两句话就残忍地将我们的感情一下子全部抹掉。曾几何时,我们的笃定,我们对爱情的信仰,还有你许诺给我的梦想都在瞬间变成空谈。

一、谢谢你，对我撒的谎

青春年少时，我们总是渴望刻骨铭心的爱情，然而我们却不知道，越是刻骨铭心的爱，越要付出大代价。当爱耗尽，一切面目全非时，你是否还泥足深陷，不肯面对如此狼狈的自己？

1. 为了爱，不顾一切地逃亡

楠楠骂我没出息的时候，我还趴在桌子上吧嗒吧嗒掉眼泪。现在，办公室里只有我们两个人。

前一刻钟，郑南的一个电话，让我的世界骤然变暗。可在楠楠眼里，这一切再好不过——她庆幸我终于逃脱郑南那个不靠谱男人的魔爪。只有我自己知道，覆水难收，押下的赌注已收不回，如果现在喊停，于我而言，才是最大的伤害。

我怀了郑南的孩子。这个秘密我不能告诉楠楠，也不能告诉任何人。面对这突如其来的意外，我只能逃避，还有逃离。

哭干了眼泪，看着镜子里那张煞白的脸，感觉自己就像搁浅在沙滩上的鱼，濒临死亡。

看着看着，我终于笑了。也许我跟郑南的感情还有一丝希望，我肚子里的孩子是挽留他的唯一筹码。

想到此，我拨通了郑南的电话，把孩子的事告诉了他。电话里，他喊得很大声："把孩子打掉！马上！"

"我不！除非你回到我身边！"

"你疯了吗？郑北佳，我实话告诉你，我就是玩你呢，我都结婚了，你是不是傻啊？"

他的话像一把尖刀毫不留情地扎在了我的心窝，我的脑袋轰然炸响：怎么……怎么会是这个样子？

"我不信！你骗人！骗人！"

"我以前对你说的全是谎话，只有这一次，只有这一次是真的！我……"没等他的话说完，我"啪"的一声把电话挂了。

原来，关于他的事，我从未了解过。他曾经说的一切都是谎言，是不是也包括爱我这件事呢？

不管怎样，我要夺回他，以此来证明我的爱情。我想，现在我需要躲到一个安全的地方，生下孩子，然后再回来。

我向单位主管递交辞职信后，买了一张去青岛的火车票，随意拿了几件衣服，在没告诉任何人的情况下，匆匆离开了这座居住多年的小城。

坐上火车的那一刹那，我觉得自己从未如此勇敢过——这次漫无目的地逃亡，只是为了捍卫自己刻骨铭心的爱情。

火车一路前行，窗外的景色不断倒退，我茫然地看着这一切，感觉有些倦了。

过了几站，车上的人越来越少，我旁边的座位上也从一位叔叔换成了一个眉清目秀的少年，他的怀里抱着一把吉他。

我偷偷注视他，没想到下一刻他侧过脸来看向我，我有些窘迫，讪讪地收回了目光。他缓缓开口："你也是去青岛的么？你知道还有多长时间能到站？"

原来，他看到了我放到桌子上的车票。真可惜，这个问题他问错了人——我只是随意买了一张票，想逃得越远越好，怎么可能知道这些呢。

"大概，还要很久吧。"我说。

少年轻轻地"哦"了一声,然后安静下来,打开了手机的音乐播放器,轻柔舒缓的音乐就响了起来——他也喜欢听梁静茹的歌。

没想到,他的侧脸,真的很像郑南。

看着他,我就想起初识郑南的时候,他也是这个样子。阳光下,他一脸温和的笑,安静,明朗,又帅气,根本不像快30岁的模样。所以只一眼,便让我迷醉,不可自拔。

电话响起来时,吓了我一跳。

来电显示是楠楠,我犹豫许久,还是接了电话。楠楠的声音带着哭腔:"北佳,你去哪儿了?你知不知道你奶奶找不到你,快急疯了,你千万别做傻事!"

"楠楠,你听我说,我不会做傻事的,我只是想……只是想守护自己的爱情!其实,有很多事你都不知道!好了,楠楠,告诉奶奶别让她担心我!"说完,我马上挂掉电话,然后关机了。

忽然间,感觉自己的眼角有些湿润,一股悲伤漫过胸膛,我没忍住,又趴在火车的小桌上号啕起来。

不知过了多久,仿佛听到有人在跟我说话,我微微抬眼,看见旁边的少年满脸诧异,他递过一张纸巾,问:"你没事吧?"

"我……呜呜呜……"一阵哭声又淹没了我想说的话。对于一个陌生人,我能跟他说些什么呢?毕竟,他也帮不到我什么。

又过了一会儿,我的情绪渐渐稳定下来,他好心递过来的纸巾也被我揉搓得不成样子——我这才反应过来,侧过脸跟他道了声"谢谢"。

他怔怔地看了我一会儿,说:"你这是离家出走吗?"然后没等我回答,他又自顾自地说,"其实……我跟你一样呢。"

我，这是离家出走么？

正当我疑惑时，火车的广播突然通知，该趟列车因一场呼啸而过的台风要停运在济南。

"不会到青岛了吗？"

"嗯，看来我们只能在这里下车了。"他说，"对了，你叫什么名字？"

"郑北佳，北方的北，佳人的佳。"

"我叫骆川。"

2. 今晚，我们睡在一起

15分钟后，火车抵达济南，我跟在骆川的后面下了车。

此时，天阴沉沉地飘着小雨，我望了望四周陌生的景致，满是恐慌。其实，于我而言，济南和青岛并无分别，都是一座陌生的城市罢了。

骆川走一步，我便走一步，紧紧跟在他的后面。现在，全世界我好像只认得他一个人，哪怕我们相识还不到几个小时。走了一会儿，骆川忽然转过头来问："你跟着我干吗呢？"

"我不知道要去哪儿，我害怕……"

听了我的话，骆川突然笑了，像是有些感叹："呵呵，好吧，谁叫我们都是离家出走的人呢。"

他说的话，让我瞬间摸不着头脑，于是傻愣愣地站在原地——直到他走过来，拍了一下我的脑袋："还傻愣着干吗，走吧……"

我们在火车站附近的一家小餐馆落座，骆川点了几样小菜。当服务员把菜端上来时，我狼吞虎咽地吃了起来。

骆川看我的眼神，就像看一个快要被饿死的妖怪一般。我满嘴塞着菜，冲他开口："那么看我干吗？你不知道孕妇要多吃，要补充营养啊！"

话音刚落，骆川把嘴里的白米饭就喷了出来，而我自己也被菜噎到了，瞬间猛咳起来。

"你说什么？"

"没事。"

我们看了看彼此，然后静默下来，谁也没再多说一句。

离开了餐馆，我们只能在大街上游荡。

济南的街景，在朦胧细雨的笼罩下，别有一番风味。

吃饱后的我，心情渐渐愉悦起来，没有了刚离开家时的恐慌感，况且跟在骆川身后，真的觉得无比安心。

走了一路，骆川始终是一副欲言又止的模样。在一个交叉路口，他终于停了下来，问我："郑北佳，你现在是怀着孩子么？"

"……嗯……"半天，我才点了点头。

骆川显然被我吓着了，他看了我许久，不停地叹气、摇头，好像是明白了什么。半响，他又开口问道："孩子的爸爸不要你了，所以你就赌气离家出走，是吧？"

"其实……我只是想赢回我的爱情，你明白吗？爱情……"

骆川抿着唇，没有再说话。

我还是跟在他身后，亦步亦趋。直到天色渐暗，他带着我来到一家偏僻的小旅店入住，我可怜兮兮地从衣兜里掏出从家里带来的200块钱，告诉他那是我的全部家当。

骆川一脸无奈地说："算了，还是我来付钱吧。"

"前面直走，左拐，102房间。"老板娘看骆川的眼神，就好像他拐骗了未成年少女似的。

为了省钱，我们挤在一间小小的地下室。骆川把床让给了我，自己睡地板。

关了灯，屋子里一片漆黑，窗外还淅淅沥沥下着雨。我听见骆川的呼吸声深深浅浅，我翻过身，借着窗外微弱的灯光看向他："喂，我给你讲个故事怎么样？"

"好。"

"其实，就像你所说的那样，我离家出走是因为我爱的人不要我了，他比我大10岁，已经结婚了，这是分手后我才知道的——他之前说的一切都是在骗我，可即便是这样，我觉得自己依然很爱他，而且我现在还有了他的孩子，我不想就这样放弃……"

"所以……你想怎么做呢？"

"我想生下孩子！有了孩子，他就不会不要我了！"

黑暗里，骆川叹了口气，说："北佳，你的想法太天真了，你不了解男人，还是把孩子打掉吧！"

"骆川，你相信爱情吗？"我问他，可是许久也没听见他的回答。于是我接着说："很久以前，我就渴望谈一场刻骨铭心的恋爱，全身心投入，轰轰烈烈爱下去，即使日后容颜衰败，还能留下一些美好的回忆……"

"可是……你要知道，越是深刻的爱就越要付出大的代价，就像美人鱼用她美妙的声音换来一双腿，可是却没有换来王子的爱，最后还搭上了身家性命。"

"可我还是想赌一赌……我不想放弃，更不会放弃！"我坚定地说。

骆川看着我久久没有作声，气氛忽然有些尴尬起来。最后，还是我先开了口："骆川，你也跟我讲讲你的故事吧。"

"我的故事？我能有什么故事？一个人，一把吉他，一个……"

"一个梦想……对吧？我猜到了，你一定是为梦想而出走的少年，就像那些文艺青年一样，带着吉他去流浪，四处表演，等待一举成名的那一天。骆川，你好棒！"我脑袋里径自描绘出好多骆川成名的画面。

终于，骆川被我逗笑了，说："你这么能幻想，应该能当个小说家或者编剧……"

"哈哈，哪有你说得那么厉害！"我又翻了个身，做一个"大"字，仰躺在床上，"骆川，不管是我的爱情梦想，还是你的事业梦想，都会成真的。我坚信……"

"切……小丫头片子……"

"骆川啊……"

"啊？"

"要不，我们今晚就睡在一起吧，地上有些凉呢……"我刚说完，骆川就没了声音。一片静默中，我隐约听见心脏"扑通扑通"的跳动声。

3. 济南，我们的新生活

隔日，我和骆川都睡到日晒三竿才勉强睁开眼，或许是昨晚睡得晚的缘故吧。没来由地，我觉得心情特别好，扭头冲他笑了笑，道了声："早安，川哥哥……"

骆川听后一怔："川哥哥？"我点点头。

他说："这么快就改称呼了？"我又点了点头。

他无奈地低下了头："随你吧。"

我们在旅店附近的一家早餐店吃了早餐，这期间我们还互相打听对方的故事。最后一口粥送进嘴里时，我们不约而同地说：

"你准备待多久？"

"你要待多久？"

然后，我们又不约而同地摇摇头，最后意见达成一致：先待在济南看看。

既然选择待在这里，就不能坐吃山空——要吃饭，还要住店，就必须用钱——想到我可怜巴巴的200块钱，我就心寒。

"骆川，我们一起挣钱吧！"

"嗯，可是……"

"好啦，没有可是，我都想好了，你不是要当歌手吗？我们就去人流最多的地方，你弹吉他，我替你收钱，怎么样？"

骆川看着我笑了，说："就你鬼精灵，不过，真的可以尝试一下呢。"

说做就做，我们按着原路回到火车站前面的一个大广场，人群熙熙攘攘，我们好不容易才在一座雕塑前站稳了脚。我看骆川深吸一口气，搓了搓手，有些紧张的样子，于是笑他："干吗呀？排解紧张情绪吗？"

还没等骆川回答，我就拍拍手，咳嗽两声，然后用自己的大嗓门吆喝起来："走过路过别错过啊！快来看一看，快来瞧一瞧，怀抱着音乐梦想的才子将在这里为大家表演了……"

果然，很多人的视线都被我吸引了过来。骆川一只手抓住我的胳膊，一只手捂住我的嘴："你干吗啊？会死人的……"

我邪恶地笑了："没错，你不弹吉他的话就真的死定了，说不定一会儿臭鸡蛋、香蕉皮啥的就飞过来了。"

骆川磨磨牙，一副恨不得把我生吞活剥的样子。面对群众齐刷刷扫射过来的眼光，他只得拿起吉他，呵了一口气，像给自己鼓劲儿似的就开场了。

下一秒，音乐响了起来。

骆川沉醉在音乐之中，他微微闭着眼，那些音符，那些声调，就像被施了魔法一般飞舞起来。我也情不自禁地被他的音乐吸引，周围的人也都是如此。

一曲下来，大家好像都意犹未尽。

"再弹一首吧！"人群里有人喊。我这才意识到自己身兼重任呢，马上捧起小手走向人群："请大家支持他的梦想吧！他需要你们的肯定，他想走向更大的舞台……"

我这么一说，大家也都明白了我的意思，纷纷掏钱出来，虽然面额不大，但是真的让人觉得很开心。骆川还傻愣愣地看着我收钱，我一个眼神甩过去："再弹一首，没看到财源滚滚么……"

骆川冲我点了点头，立马又弹了起来。此时，聚集在我们周围的人越来越多，我忽然觉得，这里就像是骆川和我的人生舞台。

没想到，第一次街头表演就硕果累累，我和骆川数了数那些零钱，加起来足足有300多块。激动之下，我们相拥在一起，笑得贼兮兮的。闭上眼，我好像看见那粉红色的百元大钞插着翅膀飞呀飞，飞呀飞，就落在了我的手上。

晚上，我们又回了那家小旅店。两个人买了一大份米线打包回来，坐在那张窄小的床上吃得不亦乐乎，这算是犒劳一下自己吧。我从来都没有觉得那么有成就感，在和骆川的配合下居然挣到了钱——骆川真是我的福星，一点儿也不像郑南。

想到郑南，我的心又不可抑止地痛了起来。我放下手中的筷子，问骆川："你可以陪我10个月么？"

"为什么要10个月？"

"我想把孩子生下来……"

"北佳，我想你应理智一点儿，你必须承认，他不爱你了，更不可能因为孩子而重新回到你身边！听我一句劝吧，把孩子打掉！"

"为什么你们男人都这样！打掉，打掉，就知道打掉，怎么可以这么不负责任，难道爱情也是可以打掉的吗？"我冲着骆川开始狂吼。也许是最近太过压抑，无处发泄，正好赶上这个当口，我再也控制不住自己，让骆川成了我的出气筒。

面对这样一个情绪不稳定的我，骆川再次选择静默。半响，他才开口说:"随你吧。"

不知怎的,听见他这么说,我心里反而更不开心了。一夜无眠。

早晨起来,我的黑眼圈吓了骆川一跳。他调侃我:"你怎么从动物园里跑出来了?"说完,他自己就乐了。我无奈,只得尴尬地笑一笑,回应他:"你都跑出来了,我怎么就不行了?"

然后我们又咯咯笑了一阵,彼此很默契,都没有再提昨晚的事。

4. 做自己喜欢的事,那种快乐无法形容

一连几天,我们都是在火车站前的那个广场表演,每天差不多都能有百十块钱的收入。我和骆川开始有了一些积蓄,虽然挣钱了,但我们还是省吃俭用,委屈自己缩在那个小小的地下室,因为我们也不知道,自己还会在这里待多久。

一天晚上,骆川的电话一直响个不停,他看了看手机屏幕,立马摁掉了。几秒后,手机又响起,如此反反复复,弄得我也很是心烦。终于,我忍不住说:"要不接了吧?"

骆川看了看我,拿起手机走了出去,把我一个人扔在了屋里。隔着墙壁,我隐隐约约能听到一些声音,偶尔还会听见喊声,看来骆川情绪很是激动。不知道过了多久,他走了进来,眼眶红红的,

整个人一副无精打采的样子。

"怎么了？"

"没事。"他淡淡地说。

其实，我已经料想到了，便问："家里让你回去是吗？"

他没作声，但点了点头。我就知道是这样。

我有些害怕了，这几天的相处让我已经习惯了骆川的存在，要是没有他，我都不知道自己能去哪里。如果骆川走了，我一个人该怎么办呢？真不敢再深想下去。

那个晚上，我和骆川都没有睡好，第二天强打着精神去火车站的广场上表演。

然而，让我们意想不到的是，因为每天都能吸引很多人来观看，再加上骆川俊秀的外表和娴熟的才艺，我们居然上了报纸。报纸上给了骆川一个大大的特写，角度抓得刚刚好。Perfect！

遗憾的是，我这个小配角挤在人群里，都没能露个脸。

"骆川，你要火了！你的梦想可能很快就实现了！"我手舞足蹈地比画起来，"到时你就不只站在这里表演了，你可能要站上比这大10倍、100倍的大舞台，唉，只可惜……到时我就不能帮你收钱了……"

"郑北佳啊，你能不能停止那些不切实际的幻想。我要是以后真发达了，就聘请你做我的私人助理！"说完，骆川自己都笑了。我撇撇嘴，明明就是很高兴的样子嘛，前言不搭后语的，切！

有了报纸的宣传，近些日子来观看骆川表演的人越来越多了。我的小手掌已经装不下那么多的零钱，索性花了几块钱买了一顶小帽子，来接受观众的"好意"……

我和骆川的小日子过得越来越有起色了，有时候我觉得，我们两个就像新婚的小夫妇，一起出来闯荡生活。这样的生活，其实真的很好，我和骆川都沉浸其中，乐不可支。

可没想到，没过多久来看骆川表演的人越来越少了。原来人们都爱新鲜感，自从我们打着音乐梦想的旗号上了报纸以后，那些看到有利可图的人也打着"梦想"的幌子纷纷模仿起我们来了。火车站附近出现了好多"文艺青年"，骆川自然就被压了下去。

尽管还是有一小部分爱听骆川弹吉他的听众，可是钱挣得是越来越少，我和骆川都没别的特长，也想不出什么新奇的点子，所以每天都显得很苦闷——这样下去，我们还能支撑多久呢？

但是，万事都有转机。

那天，零零星星的几个听众中，一位听众往我递过去的小帽里塞了一张100块的钞票，霎时我抬起头，看见一张慈眉善目的笑脸，我连道了好几声"谢谢"。他看了看我，又看向还在弹吉他的骆川，一副很感兴趣的样子。最后，他说："来我们夜店表演吧，每天有固定的工资，就不用天天在这里风吹日晒了。"

我和骆川商量后，觉得这是目前最好的选择。

就这样，我们离开了火车站的广场，每天白天在地下室里补充睡眠，到了晚上就去夜店工作。我再也不用拿着帽子穿梭在人群中间，更不用扯着嗓门大声吆喝——我又有了一项新工作，就是伺候好骆川，帮他记表演时间，还有客人点的歌。

骆川站在舞台上的样子，真的很有明星范儿。镁光灯一闪一闪的，晃花了我的眼睛，但骆川却一副悠闲自得的模样，不论多么刺眼的光线，打在他身上立刻显得格外柔软。我很喜欢这种感觉。

每天的生活变得很充实，骆川说他从来没感觉这么快乐过，原来，凭借自己的双手做自己喜欢的事，并有一定成就时，那种快乐是无法形容的。我说我也是。

5. 幸好，你没有和她走

我不知道这样的日子我们还能过多久，我甚至不敢去深想一些事情，偶尔会觉得自己和骆川现在的生活很梦幻——就像逃到另一个世界，那里没有郑南，没有伤痛，没有大家的疑惑，没有步步紧逼的压迫感。我多想永久地沉浸于此……

骆川也有这种感觉，和我一样，他忘记了自己以前的世界。有时候，他看着我，语气很茫然："北佳，你说未来会是个什么样子呢？"我觉得他问的话有些深奥，我又不是预测专家，连明天的天气状况是什么样都不知道呢，更何况未来。面对他的问题，我只能摇摇头："走一步看一步吧……"

"总觉得，梦要醒了，我们在一起的时间不多了……"

"怎么，你要走么？"

"呵呵，只是感觉罢了。"

习惯了夜晚，就要消耗掉白天的时光。这些日子，骆川好像成了夜店里的小王子，有很多客人喜欢听他弹吉他，甚至有客人提出让他唱歌。为此，夜店老板跟他谈了几次，可他只是摇摇头，表示拒绝。私底下，我悄悄问他："你该不会是五音不全吧？"

"我只想唱一首自己写的歌，很快就要完成了。"

原来，骆川跟我不一样，他一点也没浪费白天的时光，在我呼呼大睡时，他就忙着写词、谱曲。几天后，我终于听见他开口了。那个夜晚让我永生难忘。

那晚和平时一样，我告诉他快要到表演时间了。

他表情很沉着，和以往没什么不同。走上舞台，他轻轻拨动着吉他，像是酝酿了很久——等他弹出声来，我才察觉到音调和以往弹奏的曲子不同。

然后，轻柔又沙哑的音调自他口中传出："那时青春年少／跟着爱情似风一样地奔跑／却忽略掉／风从来都是看不见，摸不着／直到爱情渐渐逝掉／才发现自己早已湿了眼角／留不住的美好／镌刻成记忆里的符号／只希望你明了／曾经的我，对你最真最好……"

每一首歌，其实都是一个故事，听着这舒缓的旋律，触动心弦的歌词，我忍不住黯然落泪。那就是我渴望的爱情啊！难道……真的只有伤过，才能刻骨铭心吗？

望着台上的骆川，恍惚间，我仿佛看到了郑南的影子。那个曾经和我说蜜语甜言的男子，用他的语言给我编织了一个未来的梦，却没有我和骆川这样相依为命来得真实。原来，所谓的糖衣炮弹，只是一个空壳，用来哄小孩子的把戏罢了。

我摸了摸自己的小肚子，忽然间茫然不知所措。郑南，你真的会给我一个未来么？好像，不会吧……

"这首歌，送给我自己，也送给你——郑北佳。"骆川拿着话筒起身，伸出右手指向我。

我愣了半天，还没反应过来，倒是一片震耳欲聋的掌声淹没了我。我喜极而泣，刚想冲上台抱抱这个让我感动的大男孩，可——

"骆川！"一个尖锐的女声冲进我的耳朵，几乎没等我做出任何反应，就看见一个女人冲上台，拽走了骆川。

这是什么情况？我可是骆川的助理，岂能坐视不理！三步并作两步，我冲上去挡在他们面前："你是谁，想干吗？你放开骆川！"

那个女人扫视了我一眼，什么也没说，还是拽着骆川往外走。我一看这形势，就急了，刚想扑上去咬那个女人的手，就在这时，骆川开了口："北佳，你等我。"

难道他们认识？我愣了一下，等他们都走出了门口，我才诺诺地"哦"了一声。

快凌晨了，骆川才回来，脸上满是疲惫，像是遭劫了似的。我问他："那个女的是谁？"

"我姐。"

"来带你回去？"

"嗯。"

就是这几句简短的对话，让我的心瞬间铺满阴霾。这么说，骆川就快要离开了吧？那么就没人再陪自己了……

回旅店的路上，我们彼此都很静默，心情差不多同样糟糕到了极点。终于，快要进旅店时我开了口："你是不是要离开了？"

骆川抿了抿嘴唇，冲我摇摇头，说："不知道啊，呵呵，她是看到新闻才追过来的。"

我以为是他告诉他姐的，原来不是。我勉强笑了笑："看吧，出了名也不是好事……看来你不需要再流浪了。"

"其实，一直流浪没什么不好，我感觉自己爱上了这种感觉。"骆川说。

我和骆川还是老样子，有什么不开心的事都会丢在昨天。

一觉过后，我们照常去夜店表演，有了老板发的固定工资，有时客人还会塞给我们一些小费，一时间钱包就圆鼓起来了。

骆川的姐姐再也没有出现过，我的心竟然安定了些许。我猜想，是那日骆川拒绝了她，并没答应跟她一起回去。

6. 那一夜，让我心动的表白

一连几日下来，生活似乎又恢复了原本的模样。我和骆川配合得越来越默契，小日子也越过越好了。

一日，骆川表演完后，提议带着我去K歌。他说："总是你看我表演，你听我唱，这一次咱们换一下。"

我真的没想到他会跟我说这个，我立马点头表示同意——他不知道，其实我也是个麦霸！抱着麦克风就是一顿狼嚎的那种，调儿对不对没关系，关键是要嗨啊！

我们一起去了"月牙儿城"。一进那间小包厢，我就点了N多首歌，我拿起话筒的那一刻就恢复了本色，左蹦蹦，右跳跳，都快晃花了骆川的眼。无奈之下，他只得起身双手抓住我的肩，将我按坐在沙发上，命令我："老实坐着唱，这眼睛都快成闪光灯了。"

我哈哈一阵大笑，最后还是乖乖地坐下了。后来，我和骆川合唱了一首《都要好好的》。音乐结束，我看向他："你说，我们真能这样好好的么？"

"必须好好的。"骆川说得很肯定。之后，他侧过脸来，眼神里透着潋滟的光："郑北佳，你被那个男人狠狠伤害过，你还相信爱吗？"

我几乎不经思考，回答得斩钉截铁："信！"

"那你相信我爱你吗？"

"信！"回答之后，我才反应过来自己说了什么，耳朵听见了什么。我瞬时起身，很认真地问："骆川，你说什么？"

骆川摇了摇头，说："既然没听到就算了吧。"我说："不！怎么能算了？我听到了，而且听得很清楚，你说'我爱你'。"

我想我的思维有些混乱了，骆川总是这样，很多事都会突如其来。我既然已经承认听到了，那么，怎么回答还真是个难题。

见我如此模样，骆川一脸落寞的神色："果然，是不该跟你说的，你还爱着别人，还怀着别人的孩子，即便跟你在一起了，我也是绝不能容忍这个孩子存在的。"

"你嫌弃我？"

"我没有！你知道我的意思的……"

"够了！别说了，我知道了。"

面对骆川的告白，我不得不承认自己动摇了。

曾经我以为，在这个世上，除了郑南，我不会再爱上别的男人。可是被他伤透心以后，我遇见了骆川，这些日子，多亏有他的陪伴。是他，在我那么孤单无助时，给予了我温暖，难道我现在真的要将他一把推开吗？郑南和他之间，我该如何取舍？而这取舍，关乎着一个小生命。我摸了摸自己的肚子，心里万分挣扎。

7. 谢谢你，对我撒的谎

从那次表白后，骆川看我的眼神总是很复杂，我们不再像以前那样无拘无束，嘻嘻哈哈了。我觉察到，我和他的距离在渐渐变远。这种感觉很不好，就好像快要失去什么了一般。

终于，某晚他走过我身边时，我叫住了他："是不是将孩子打掉，我们以后就能好好在一起？"

"嗯。"骆川点了点头。

我说："那明天就去吧。"

那几个字是我从牙缝里挤出来的，我不知道这么做是对是错，我只知道，失去骆川我会很难过——我已经失去了郑南，不想再失去他。

次日清早，我跟着骆川去了附近的一家大型医院，一系列术前检查弄得我头昏脑涨。

上手术台的那一刻，我以为我已经做好准备了，可没想到还是哭了。我不知道自己的眼泪是在祭奠未能来到世上的小生命，还是在祭奠我那死去的爱情……无论是什么，都已经不重要了，重要的是，我已经做出了选择。

手术几乎花尽了我和骆川挣的那些钱，可骆川没有心疼，他还给我买来暖暖的粥喝。他说，那是医生的叮嘱。

回了旅店，我感觉特别累，于是就躺到了床上。眼皮渐渐沉下来，快要睡着的时候，我感觉到骆川替我盖好了被子，还掖了掖被角，很贴心的样子。睡梦中，骆川的脸渐渐将郑南代替，这些日子和他经历的点点滴滴都融成了一个梦境。

我以为醒过来会是一个幸福的开始，可是没想到一切竟成了一个大反差——骆川不见了！

确切地说，是他自己离开了，在我还安睡的时候。我看到了他留给我的信，我都没拆就冲出旅店门外，可四周哪里还有他的影子！我连喊的力气都没有了，任凭眼泪像小溪一样涓涓地流淌……

回到屋里，我拆开了他的信。信很长——

北佳，当你看到这封信的时候，我已经在回家的路上了。对不起，我欺骗了你，但是我相信，日后你一定会明白我这么做的苦心——你太固执，原谅我只能选择用这样的方法让你打掉孩子，因为你需要一个更美好的未来。

真的很高兴，在我最沮丧、最彷徨的日子遇见了你，我觉得这是上天的安排，让两个同病相怜的人走在了一起。和你生活的这些日子，我学到了很多，也懂得了许多。

现在，我要跟你坦白我的故事。

我是一名音乐学院的学生，在学校也是老师器重的好学生，正是因为这样，我爱上了我的音乐老师，并且我们在一起了。可就在前不久，她忽然告诉我她要结婚了，我们没有可能了。她一下子就粉碎了我对爱情的全部幻想，所以我选择了逃避。

那天是你抢了我的话，替我编造了一个梦想的故事。事实上，我们都一样，被爱而伤。

你还记得在夜店见到的那个女人吗？其实她并不是我姐，她就是我的音乐老师。现在，我想开了，如若爱不能圆满，那就把它丢在过去吧，总不能一直因为一件事情而否定整个人生。

北佳，你还太单纯，很容易付出真心，可是没有人会永远呵护你的单纯，珍惜你的真心。

记住，在爱情里不要相信男人口头上的承诺，因为承诺只能在未来实现，而未来永远是未知的。你可以因为听到承诺而开心，却不能因为听到承诺而就此放心。你还在成长……

我走了，若是有缘，未来还会再见的。

我的泪还在流着，这一次真的感觉自己被掏空了。

是不是所有的男人都擅长说谎？现在我终于明白，爱真的不是童话，不是你脑袋里构想出它，它就会照着你的剧本演下去的。原来，我要的刻骨铭心，不过是一场痛彻心扉的闹剧。

我离开了济南，回到了小城。

再次见到楠楠是在两天后，她还是风风火火的样子，见到我就一顿劈头盖脸的指责，比我奶奶说我还要凶，说着说着小眼圈就泛起水花来了。

我着实被她吓了一跳，抱着她连忙解释："我只是失恋心情不好嘛，所以就出去散散心而已……看你，好啦好啦，别哭了……"

"那你下一次不准乱跑了！"

"好，没有下一次了。"

怎么还能有下一次呢？人生里这样的错误如果出现一次还没有

成长，那么第二次也够了吧，如果还有第三次，那就真是太笨了。

郑南和骆川的事我没有告诉任何人，既然过去了，就让它过去吧。

关于郑南，我不恨，因为我不希望他还存放在我心里，变成一颗恶毒的种子。

关于骆川，我不怪，反而还要谢谢他善意的谎言，是他让我明白了爱与成长。

★青春成长箴言

我想，很多青春期的少女都渴望刻骨铭心的爱情，为了实现它，不惜付出全部，失心，失身，最后换来的却是丑陋的谎言和无法兑现的承诺。

我们要记住：爱的另一面是伤害。所以，我们要了解自己对伤害的承受力——你能接受多大的伤害就可以付出多大的爱，一定要控制好，否则你很可能会想不开。

我想说的是，当你真的绝望时，不如抛开一切，告诉自己只要活着就是好的，因为只要活着，就还可以走向未来，而死了，一切就归零了。所以，什么都不可怕，可怕的是你自己，就看你怎么想了。

二、有一种爱，是无法回忆的伤

24岁那年，一个女孩突然闯进了我的生活。令我没有想到的是，她的出现，掀开了我人生的另一页——我的青春，我的爱情，从此轰轰烈烈，与众不同。即便多年后，我的脑海里依旧深深地刻着她的面容。她的名字就像心口的一颗朱砂痣，永远抹不去。她叫顾北惜。

1. 最初那份稚嫩的爱

刚大学毕业的我，每日徘徊在偌大的苏州城里，只为寻找一份理想的工作，可是没有一个老板愿意要我这个毫无工作经验的青年。我有些灰心丧气，连续几日躲在空间闭塞、人声嘈杂的小网吧里，在游戏中施展拳脚。

就是在这样的时刻，一个女孩突然闯进了我的生活。

令我没有想到的是，她的出现，掀开了我人生的另一页——我的青春，我的爱情，从此轰轰烈烈，与众不同。即便多年后，我的脑海里依旧深深地刻着她的面容。

她的名字就像心口的一颗朱砂痣，永远抹不去。她叫顾北惜。

在网上与顾北惜相识的第12天，我们便见面了。那一天，她穿着一身粉红色的长毛衣、黑色的打底裤、咖啡色的棉鞋，对着我永远是一副笑吟吟的样子。

我和她漫步在人山人海的石湖公园，她蹦蹦跳跳地在我眼前晃来晃去，口中讲着好像很多年前我就听过的笑话。为了配合她，我只好装作从没听过的样子，咧着嘴笑道："哈哈，你讲的笑话真好笑……"

她满脸自豪的模样，说："是吧，我的朋友常说，我是世界上最会讲笑话的人呢，你知道为什么吗？"

"嗯？"我佯作疑惑的样子。

"因为我本身就是笑话啊！哈哈……"她说着，笑得很开心的样子。我这次是真的被她逗笑了，终于很自然地笑出声来。

我心里想着：这世上居然会有这么可爱的女孩子。思绪正在游走时，没想到顾北惜在我前面突然停了下来，我还没来得及止步，便一下子撞到了她，她倒是站得挺稳，丝毫没有前进一步。

我的脸蓦的一下就红了，刚想说对不起，没等开口，她便鼓起小嘴，一副小可怜儿的样子——谁知下一秒，她双手放在耳朵上扑扇了几下，冲我吐了吐舌头，扮出一副鬼脸。

我尴尬的样子一下子就不见了，又被她逗得用手捂嘴笑起来。

她得意扬扬地说："大熊啊大熊，你真像熊一样笨笨的！"她这么一说，我就不高兴了，瞬时反驳道："我才不笨！"

"好啊，你说你不笨，那我就考考你，是一个脑筋急转弯。你说你喜欢笑话吗？快快快！要3秒钟回答！"

她这么一催，我不经思考就马上回答了："喜欢！"然后，我就听见她很开心地笑了，她说："我就知道是这样，其实'笑话'也很喜欢大熊呢。"

她话音刚落，我的脸唰的一下就红了。看来我还真笨，她明显就是在套我的话嘛，可是她这样说的意图是什么呢？不会……真的是喜欢我吧？

此时的我，脑袋里全是"嗡嗡"的声音，明明"机器"还在运转，怎么感觉像哪里出了故障似的。

"那个你，你，你……我……"我都不知道该说些什么了。

她却忽然拉住我的手："大熊，什么你你你，我我我的……公园门口，有个老奶奶在卖烤红薯，你陪我去买烤红薯吧，我想要那个最大的！"

就这样，我被她拖走了，刚才的话题也就此终结。

我们的第一次见面，就定格在夕阳快要隐没的那一刻，她终于买到了刚出炉的、最大的红薯，然后她很大方地掰了一半递给我，冲我笑了笑，就跳上了开往城南的公交车。

我站在原地，手里拿着那半个红薯，目光一直追随着那辆公交车，心里感觉像有什么东西沸腾了起来。

顾北惜离开几天后，我居然找到了一份理想的工作，终于不用整天委身于那间破旧的小网吧里萎靡度日了。我从家里搬出来，住进了员工宿舍，开始了崭新的生活。

我和顾北惜每日都在用手机联系，她常常在微信里给我讲笑话，不知不觉，她的存在似乎已经成了我的生活习惯。

我以为我们最多也只能如此，却没想到，半年后的一个雨夜，我看到她泪流满面地站在我面前，我的心在那一刻颤抖起来。

步入夏日的第一场雨，来得那么急，我看到顾北惜的短信后，便一个人撑着伞来到了我们第一次见面的石湖公园门前。

雨越下越大，我望着来来往往的公交车，每一辆车停下来，我都看得很仔细，却始终不见她的身影。

就这样，过了近一个小时，顾北惜终于从一辆公交车上走了下来，她看见我，便迎着雨幕直奔我而来。

"大熊……"她扑倒在我怀里的那一刹那，我握着的伞忽然从手中脱落，我们两个人就这样定格在雨幕中。她的哭声融在簌簌的雨声里，而我的心犹如掉进冰窖。

过了几分钟,我才意识到自己不能继续这样站在雨里,我扶起她,说:"别哭了,我们先找个地方躲雨,不然会感冒的。"

按照我之前的想法,本是想带她去苏州城里比较有名的饭店吃一顿小吃,我这几个月下来也挣了不少钱——可现在我们如此狼狈,还是找个旅店比较妥当。

顾北惜已经哭得上气不接下气,我问她什么,她都不肯回答。没有办法,我只好自作主张带她去了石湖公园附近的一家旅店。

进了房间,我扶她到了床上,她没有抬头,依旧低声啜泣。我从来没有看见一个女孩子哭得如此悲伤,让人看着揪心。

我站在她面前,想说些安慰的话,可是却怎么也开不了口。

我知道自己一向比较笨拙,无奈之下,我只得选择了一个最笨的方法。我悄悄走出房间,连雨伞都忘了拿,直接冲出旅店。我又回到石湖公园,满眼扫视着,终于看到了那个卖烤红薯的老奶奶。

我买了一个热乎乎的大红薯,这样的天气握在手里居然还有些烫手。老奶奶看着我,忽然就笑了:"小伙子,我还记得你,是给女朋友来买的吧?"

"不是不是……只是普通朋友而已……"我蓦地红了双颊,看了看老奶奶,说,"我想哄她开心而已。"

"呵呵,哄好了,或许就会成了女朋友。"

我没再多说什么,把红薯捧在怀里又冲进雨幕,想着老奶奶刚才说的话,不知不觉就笑了。然而令我没想到的是,就是这样的一句话,好像预言了我的整个青春——直到现在回想起来,我的心好像还有着那红薯一样滚烫的温度。

我回到房间时,已经没有了哭泣声。顾北惜坐在床角,低着头，双手不停地揉搓着，听到声响，便抬起头来，看到我的那一刻又开始哽咽了。

"大熊……呜呜呜……我以为连你也不要我了！"这句话应声砸在我的心坎。我从怀中掏出红薯，诺诺地说："我……我只是出去给你买红薯，你一直哭，我看了难受……"

"大熊！"下一刻，顾北惜再一次扑进了我的怀里，我拿着红薯的那只手就那样僵着。

时间仿佛在那一刹那停止了，我们就这样静默着，后来她终于松开了我，通红的双眼里好像藏着很多委屈。她退回到床上，接过我手中的红薯，默默地吃了起来。

我就那样一直看着她，直到她再次开口："大熊，你知道吗？其实我很早就辍学了，家里有个弟弟要上学，我只好从家里出来，打些零工，再把钱寄回家给弟弟上学用。可是，这样一直在外面打工，我真的很累，今天上午我被开除了，这个月没有办法再给家里寄钱……怎么办？大熊……我该怎么办？"

"需要多少钱呢？"我问了一句最直白的话，顾北惜霎时扬起了头，盯住了我的眼眸。我想她内心一定在挣扎，可几秒后，她淡淡地笑了："大熊，我累了……"说完，她便躺下，身子侧了过去。

我心里明白，我对她而言还只是见过两面的陌生人，她来找我，只是内心太过难受，无人倾诉，想让我安慰一下罢了。无奈我实在是笨拙，只不过除了这种心理上的安慰，我给她一些实际的帮助不是更好吗？

整整一晚，我坐在地板上，依靠着墙壁，看着已经熟睡的她，心里衍生出很多个想法。

二、有一种爱，是无法回忆的伤 ☆

029

黎明来临前的那一刻，我终于做出一个决定。

顾北惜醒来的时候，发现我还坐在地板上，于是满脸愧疚地说："对不起，大熊，昨晚……"

"如果把你介绍到我们公司来，你看行吗？"我打断了她的话。

她看着我，忽然就愣了，半天也没有给出任何反应。

我生平第一次这么想帮助一个女孩子，甚至想把她留在自己身边。于是我再次开了口，说话居然还有点磕巴起来："北惜，我想帮助你，想你可以跟我一起工作，我……我们能不能在一起？"说完，我感觉自己的脸颊已热辣辣地烫，没有办法，只得深深埋下头去。

我如此稚嫩的表白，不知会有怎样的结果。世界仿佛一下子就安静了，我再次抬起头来，没想到面前的顾北惜泪水湿了整张脸。

"你怎么哭了北惜？是不是我吓到你了？我……"没等我说完，她忽然扬手捂住我的嘴。我看见泪水充满了她的双眼，继而，她用力点了点头。那一刻，我的心忽然像烧开的水一样沸腾。

2. 那一场爱情风波

就这样，我们很自然地走到了一起。

我在单位里托朋友把顾北惜安排在一个适合她的部门，同时把这几个月攒下来的工资都给了她,让她寄去家里给弟弟当学费。

为了陪她，我只得离开公司的员工宿舍。我们在外面合租了一间房子，开始过属于我们的小日子。

我的爱情就在 24 岁那年的夏天轰轰烈烈地展开了，那时的我每天看到的都是顾北惜的微笑。我们在自己的小家开始同进同出，那是我人生中最幸福的时光。

公司不允许员工之间谈恋爱，没办法，我们在公司只好装作不熟悉的样子，偶尔打印文件时，我们会在长廊偶遇，彼此目光的碰撞也会让我开心一整天。

到了晚上，我们下班回到家里，顾北惜就会像个孩子一样扑到我的怀里，叽叽喳喳讲一些白天同事间发生的趣事。

时间过得飞快，对于我们的恋情，我的同事兼好朋友林若轩知道得最清楚，他总是嘲笑我："大熊啊，你们躲躲藏藏这么久，真不容易，我看你家北惜都快憋出内伤了……"

我忙着整理刚传真过来的文件，实在没工夫搭理他。他把手里的文件夹递给我，叹了一口气："你看吧，最近刚进公司的那个小丫头那么黏你，人家可没把公司规定看在眼里，你要怎么办？"

林若轩说的那个小丫头叫裴若曦，一个八面玲珑的女孩子，长得也十分讨喜，刚进我们部门没多久就吸引了不少男同事的目光，可是碍于公司规定，谁也没敢对她开口表达爱意。近些日子，她倒是对我好像特别感兴趣，可我只觉得有些莫名其妙。

晚上下了班，我收拾好东西准备回家，裴若曦不知道从哪里跳出来，吓了我一跳："大熊，晚上一起出去吃饭吧。"

我没想到她会主动约我，看看手上的表，就说："今天不行，改天吧。"

"哦……那你哪天有时间呢？"裴若曦一脸失落的样子，却不忘补问一句。

"这个……以后再说好么？"我只能给她这样的回答，"好了，我真得走了。"说完，我就转身往门外走去。

没迈出几步，身后传来她的声音："大熊，你不记得我了吗？几个月前你帮我抢回了包包啊！"

我听后一怔，却装作没听到的样子径直走了出去。

几个月前，我的确在步行街帮助一个女孩子抢回了包包，当时因为跑得太快还扭伤了脚，回到家里还沾沾自喜地把这件事告诉了顾北惜。与想象中相反，非但没得来赞许，还受到一顿数落。我知道她是在担心我，便也没再多说什么。

我还记得那天，她边给我敷药边说："大熊，以后少干那些见义勇为的事，这次幸亏只是扭伤了脚，要是下次万一……我真担心你！"

我没想到，这个因极其意外的小插曲而萍水相逢的人，竟然还能有机会再遇见？该不会是为了我追到这里来的吧？想到此，我自己都觉得有点好笑，怎么可能呢？然而几天后，当我知道还真是如自己料想的一样时，我的生活就发生了翻天覆地的改变。

说到底，都是因为林若轩，他闲来没事非得要举办一个员工聚会，把平日相交很好的同事都请了来。那天，也是很巧，顾北惜和裴若曦都在其中。

一家古风版的饭店包间里，酒过三巡，大家都浮现出醉意。顾北惜也喝了几杯酒，小脸已经红扑扑的。我看着她，给她使了几个眼色，她都没有注意，却起身去了卫生间。

旁边的林若轩也喝多了,像是要调动气氛,他还讲起了自己小时候的糗事,逗得大家笑得前仰后合。

我也随着大家笑,就在这时,裴若曦突然走到我身边,借着酒意俯下身来在我脸上落下一个吻。大家都愣了,随即传来一阵起哄声,我还没来得及反应,下一秒便看到裴若曦被推倒在地,扭过头一看,是顾北惜怒气冲冲的脸。

"北惜……"

"你别说话!"顾北惜一句话给我噎了回来,我便不再作声。其他同事全然不知怎么回事,都有些惊讶地观看着这场两女争一男的"大战"。林若轩一看这架势,马上站出来打圆场:"北惜,你看人家也是喝多了,你别多想……"

"我亲眼看见的,多想什么?她黏着大熊不是一两天了,我又不是傻子……"顾北惜看看林若轩,又把视线移向了我。

然而她的话还没说完,裴若曦就站了起来:"我喜欢大熊怎么了?他跟你又没有关系!你要是喜欢,就公平竞争!你连喜欢他都不敢说,我真看不起你!"

"够了,都别说了!"林若轩吼道。

顾北惜冷冷地盯住裴若曦,一字一顿道:"你给我听清了,大熊是我男朋友,我根本用不着跟你争!"说完,在场的人全都愣了。林若轩吐了一口气,无奈地低下头去,看来是藏不住了。

我脑袋顿时一片空白,裴若曦看向我,眼睛里充满失落,我只好朝她点了点头。然后,裴若曦就哭了,顾北惜拉着我头也不回地走出了饭店。

我们一路往回走,谁也没有开口。走到每次回家必经的那座小石拱桥时，她忽然一个转身抱住了我，嘤嘤地哭了起来。我轻轻拍着她的背，安慰道："没事的，没事的……"

"对不起，大熊。我本来不想说的，可是我太喜欢你了，我真怕她把你抢走！"这是顾北惜头一次对我这么直白而深情地表达爱意，却没想到是这种时候。虽然料想到了明天会有的后果，但我心里一点也不难过，我捧起她的脸，瞬时吻了下去，她温润的唇瓣让我的心像开水一样地沸腾。

第二天，林若轩的脸色始终很难看，整间办公室内的气氛都怪怪的。我还是老样子，默不作声地做该做的事。下午，主任进来宣布了一个通知，转身就走了。

我开始收拾东西，这是意料之中的结果。林若轩拍了拍我的肩膀，说："对不起，大熊，这都怪我……"

我笑了笑，心里前所未有地轻松："其实一直藏着掖着，我和北惜都挺累的，我不想北惜在我身边那么辛苦，那么没安全感……现在好了，有得就有失，必然的。这事儿跟你没关系。"

那天，顾北惜挎着我的胳膊走出公司，她说从来没觉得那么自在过。之后，我们两个无业游民缩在屋子里待了近一个礼拜。林若轩那小子不时会来"拜访"一下，实际上就是来蹭饭吃的。

一次，顾北惜跟他说："你还真好意思，我们两个现在是无业游民，准备坐吃山空，你还来这里剥削，良心被狗吃了是不？"

林若轩嬉皮笑脸地凑到顾北惜面前，说："嫂子嫂子，你别生气啊，我也不是白吃饭的，这不给你带来了两个好消息吗……"

他一说，顾北惜就白了他一眼："你就是个灾星，还能有什么好消息。"

林若轩摇了摇食指:"第一个好消息,裴若曦被开除了。我估计,你们在一起的事就是她捅出去的,上头也不喜欢爱打小报告的人!不管怎样,这个结果真是大快人心。"

一听"裴若曦"这3个字,顾北惜马上绷起了脸。

林若轩立马止住,说下一话题:"这第二个嘛,就是大熊可以回去上班了,领导特批的。"他说完,顾北惜开心地笑了:"真的?你没骗我?"

林若轩点了点头,一副很肯定的样子:"没有,绝对没骗你!"

我顺口问了句:"那北惜呢?她可以回去吗?"

这下,林若轩抿着嘴不说话了。我大概也猜想到了,看见顾北惜眼里黯淡的神色,没等我开口,她抢先说:"已经挺好了,大熊……你就回去好好上班吧,我再找找别的工作看看。"

3. 爱情冲关考验

我顺利地回了公司,每天还是做那些枯燥乏味的资料整理工作,同事们也没再跟我提以前的事。可顾北惜找工作的事情却不顺利,又过了一个礼拜,她灰心丧气地坐在我面前,一脸倦容地说:"大熊,我累了,我想回家看看。"

我没作声,起身倒了一杯温水递给她。她接过水,始终还在愣着神,我只好开口说:"嗯,我陪你回去。"

"啊？"顾北惜像是吓了一跳，"你也要去？"

"不可以吗？"我说，"我也想见见未来的岳父岳母！"

顾北惜一听，小眼珠里又泛起了水花，她声音开始有点瓮声瓮气："大熊，你的意思是你要娶我么？是么？"

我被她这句话弄得有些莫名其妙："不娶你的话就不和你恋爱了，从喜欢你开始，我就决定要娶你了。"话音刚落，她就扑了过来，把我压在身下，给了我一个火热的吻，从额头到嘴唇，每一寸被她吻过的肌肤都麻酥酥地痒。我的手放在她单薄的脊背上，温暖的触感让我整个身子像火一般燃烧起来。

和她一起回她家那天，一路上我都是忐忑不安的。

她家离苏州城不远，但坐车到她家需要数小时。一路上道路坑洼不平，客车始终颠簸，她把手放在我手心，睡得一直安稳。车窗外的景色一直不断倒退，我也开始渐渐有了倦意。一觉醒来，客车已到站。

或许是打好招呼的缘故，我们还离得很远的时候，就看见顾北惜的父母站在屋子门前一直张望，直到我们走过来，他们迎我们进了屋。

我有些紧张，轻声地说："伯父伯母好！"

他们一直笑，不时点点头。我看见顾北惜的妈妈看了看我，然后在她耳边小声说了一些什么。

后来，顾北惜凑到我身边说："妈妈说很喜欢你。"听后我才放心下来。

整整一下午，我坐在她家的沙发上几乎没有移动一下，伯父伯母问了我很多问题，我都如实回答了。顾北惜对我说："你怎么像个小学生，'老师'问什么你就答什么……"

我蓦的一下脸就红透了，瞅瞅她，不知说些什么。

伯母笑了，对我说："你不用那么拘谨的啊，想说什么就说什么，当自个儿家就行了。"我连忙点头，"嗯"了好几声，结果我的这一举动，把一家人都逗笑了。

临近傍晚的时候，顾北惜的弟弟放学回来了，一进屋看见一大家子人都坐在一起，他一眼就注意到了我，还没等大人开口，他就小跑过来，在离我一米外的地方站定，看了我几眼，开口问："你是姐姐的男朋友？"

我扯了扯嘴角，有点不好意思，随后"嗯"了一声。顾北惜笑了，挑了挑眼角，对她弟弟说道："北城，以后要改称呼了，要叫姐夫……"

顾北惜把最后两字拖了一个长长的音，她弟弟立刻心领神会，小声叫了句："姐夫……"

我傻愣愣地，半天才有点反应，轻轻"哎"了一声算作回答。全家人看着我，再次被逗笑了。伯父说："北惜，你这丫头找的小伙子还真是老实。"

伯母也抢着说："是啊，这小伙子不错，是咱丫头有福气。"

听他们这么一说，我的心更踏实了。看来，这一家人对我的印象还不错。

之后，伯父伯母去厨房忙着给我们做饭，我和顾北惜就在沙发上坐着，顾北城在一边认真做作业。

墙上的时钟不断滴答滴答地走着，顾北惜靠着我都快睡着时，顾北城起身过来问我："姐夫，这些题你会做吗？"这句话让我窘红了脸，看着那些密密麻麻的方程式，我一阵头晕目眩。

"我学过这些，但现在都忘了，不好意思……"我说。

顾北城"哦"了一声，这时顾北惜说："你自己不会做啊？上课听什么来着？"我明白顾北惜是故意那么说的，为了替我"解围"。说句实话，即便我学了那些，也还是不会的。

可这么一说，顾北城就不乐意了，他拉下小脸看着姐姐，半晌才憋出一句："我就是想跟姐夫说说话……"

小孩子大多都这样，我听完就笑了，说："你想说什么呢？"顾北城撇下手中的作业本，一屁股坐到我身边，凑近我耳朵神秘兮兮地说："告诉你个秘密，姐姐8岁时还尿床呢……"

他叽里呱啦说了一堆关于他姐的小秘密，这些都是我不知道的。我们两个倒是挺默契，连笑声都是一起，弄得顾北惜一脸的莫名其妙。

晚饭一家人吃得很开心，临近晚上9点时，几乎没经任何安排，我自然而然地跟着顾北惜进了她的房间，其实这也是顾北城腾出来的屋子。在床上，顾北惜枕着我的胳膊，呼吸平稳。她说："看来爸妈很相中你这个女婿，你可以放心娶我了！"

"我家那边你还没去，这还没过最后一关呢。"

"说得也是，我这丑媳妇儿还没见公婆呢。不过……还是先不要见了吧……"

"不行！你要是不见，我就跟林若轩说你8岁时还尿床……"说完，我贼兮兮地一笑。霎时，顾北惜的脸涨得通红："大熊，你怎么变成这样了，顾北城那个小叛徒，等我明天打他屁股……"

"哈哈……"憋了一天，我终于可以很自然地笑出声来。顾北惜没再理我，一副闹别扭的样子，侧过身就去睡了，而我也渐渐萌生了困意。

接下来的几日，我待得就十分轻松，不像刚来时那个样子了。顾北城总在放学回来后黏着我，给我讲些他和姐姐小时候的趣事。顾北惜对此总是很不满意，她叫顾北城"小叛徒"，顾北城一点儿也不气，瞅着她"咯咯"地笑。

我们临走的前一晚，顾北城依依不舍地看着我们，他问我什么时候再来，我说有机会一定过来，然后他的眼眶就红了。没想到他那么喜欢我，不舍得我离开。

我有些手足无措，然后，他像个小英雄似的抹干眼泪，笑着对我说："姐夫，你就快点儿把姐姐这妖精给收了吧……"

我"扑哧"一声笑了，说"好"。然后，我就看见顾北惜拿着笤帚开始追着顾北城满屋子乱跑。不得不承认，这姐弟俩就是一对活宝。

次日清早，我们就离开了。离开前，我把两个月的工资留下来给伯父伯母。他们没有接，我就硬塞在他们手里，说这是顾北城下学期的学费，同时顺手又塞给顾北城一些零用钱。

顾北城拉着我的衣襟不肯让我走，最后还是伯父开了口："行了，城子，再不让人走就真走不了了，这地方一天才通一次车。"说完，顾北城才缓缓松了手。我摸摸他的脑袋："放心吧，有时间我一定过来，你要好好学习。"

回到苏州城，一切又开始按部就班。我回公司上班，林若轩看见我开始问东问西，我冲他点了点头，摆了一个"OK"的手势。谁知，他更得意了，好像我是他亲手调教出来的似的。

039

顾北惜回来后一刻也没有闲着，每天都出去找工作，终于在一家待遇不错的酒店落脚，成了一名前台接待。这之后，很多事情又慢慢步入了正轨，我开始考虑带她回家见我的父母。

临近年末，顾北惜终于鼓起勇气，决定跟我回家看看。

从我们的小家出来前，她忙里忙外弄了半天，还一个劲儿地问我父母平时的喜好，精通的东西是什么。

这一下子把我弄得也紧张了。我说："咱这是见父母，不是带着枪杆炮弹上战场……你不用那么紧张……"

顾北惜忙着涂唇膏，根本没工夫搭理我。终于，收拾好一切出了门，她又问："你爸妈喜欢吃草莓么？"我摇摇头："他们爱吃苹果。"说完，她就把嘴上的唇膏用纸巾抹了去。

我一脸疑惑，她解释道："唇膏是草莓味的！"

我看得出，顾北惜是真的很紧张。

我忽然想起曾在某本书上看到的一句话——当一个人很爱你时，对于你的一切事情，他都会小心翼翼，注重每一个微不足道的细节。

我觉得这句话很有道理，我想，顾北惜一定很爱我。

我的父母对顾北惜的态度不亚于她的父母对我的态度，都是同样的亲切、热情。这一切早在我的预料之中，从小到大父母一直很宠我，也尊重我各方面的意见和选择的权利。

顾北惜那天出奇的乖，多余的话没说一句，我都觉得不像她了。让我意外的是，公司居然要加班，近期的文件资料需要尽快分类整理，我实在赶不回去，只好让林若轩给我送到家里来。

叫他来以后我就后悔了，他那张嘴滔滔不绝地说了一大堆关于我和顾北惜在公司发生的事,顺带还提到了"裴若曦"这个名字。

饭桌上,顾北惜已拉下了脸,我用眼神暗示林若轩很多次,可都被他自动略过。后果就是,饭桌下他被狠狠地踹了一脚,他疼得"嗷嗷"直叫时,顾北惜来了一句:"这声音真好听……"却没想到把我的父母都逗乐了。

索性,顾北惜也不装乖乖女了,她露出原有的本色来,又拿出她得意扬扬的笑话来讲给我父母听。这招对我好使,对我父母当然也不例外,自然,父母很是喜欢顾北惜,连连夸赞她幽默风趣。

我心里打着的小算盘也快成功了,这也算是个圆满的结局。

事后,林若轩上我这儿蹭饭吃时,还想要"邀功请赏",说那天顾北惜是在他的激发下展示了真正的自己,才博得我父母喜欢的。

顾北惜听了,连连作呕吐状:"你还好意思说,你明明就是来搞破坏的,居然还敢提'裴若曦',是不是不想见明天的太阳了?"说罢,就挥舞起了自己的小拳头。

"是啊,若轩,你得补偿我们才对!"我也上来帮腔。林若轩很无奈,举起双手表示投降,说:"好吧,你们看怎么补偿?"

我们四只眼睛发出绿油油的光,几乎异口同声:"下馆子,吃大餐去!"

我们当然不能便宜了林若轩这小子,下了楼我们就钻进一家算是中档的饭店,点了一桌子菜,满满当当。

林若轩欲哭无泪道:"你们能吃完么?我算是见识到什么叫'夫妻同心,其利断金'了,你们这是欺负我孤家寡人一个,有点儿良心也给我介绍一个!"说着,往胃里猛灌啤酒。

041

顾北惜夹着小菜，不紧不慢地说："有啊，你看裴若曦行不？"

话音刚落，我就看见林若轩嘴里的啤酒尽数喷了出来。然后，我和顾北惜笑得前仰后合。

4. 毫无预警的灾难

冬天过去之后，由于我在公司的表现一向良好，领导给我升了职，林若轩见此，嚷嚷着一定要让我请大家吃饭，我看他就是想报上回的"一箭之仇"。

那天，我们又约在上回大家一起吃饭的饭店，说是庆祝，其实有很多感慨——我把顾北惜也叫来，大家说很想她，她听着听着眼眶就红了，还默默哭了起来。

林若轩说："你也太没出息了，今天可是给大熊来庆祝的，不许哭，说点儿喜庆的！"话一说完，就有人接了句："是啊，说点儿喜庆的，大熊'升官加爵'了，也快娶你这个美娇娘回家了……"

顾北惜不哭了，脸上镀上一层嫣红，说："这都没准的事呢，说不定，他有钱了就跟别人跑了！"

"我是那样的人吗？"我一脸不高兴地反问了一句，虽然知道她是在开玩笑，故意这么说给大家听的。

"哎呀，你们别听她的，他们的事我可全都知道，双方父母都见过面了，再过几个月就可以结婚了，到时候各位可要准备好红包……"林若轩那个大嘴巴，又开始对大家进行免费演说了，我们俩的事在他嘴里都可以讲成一部长篇小说了。

事实上，我的确也想过结婚的事，只是不知道顾北惜怎么想，所以迟迟也没有开口。今天大家无意间提起，我就顺口问了她，结果她说："结婚这种事用得着问我吗？不都是看男方的吗？我就想啊，你什么时候向我求婚，我就什么时候答应嫁了！"

那时，我们正在沿着柏油马路往回走，她说得那么自然，反而让我有些反应不过来，不过心脏却一下子跳动得很厉害，我当时就停下来，说："那我现在向你求婚，你会答应我吗？"

"啊？"顾北惜显然被我的话吓着了，而我没给她反应的机会，从衣兜里掏出准备已久的结婚戒指，学着电视剧里常有的桥段，单膝跪地，问她："北惜，你愿意嫁给我吗？"

顾北惜站在原地看着我，通过灯光的反射，我看见她眼底潋滟的光。半晌，她慢慢朝我伸出手来，我心里愉悦得不得了，马上把戒指取出来，戴在她的无名指上，然后起身，紧紧抱住她。

良久，顾北惜沉默不语。

我有些奇怪，难道她不开心吗？结果是我想多了，回到家里，顾北惜就像一只无尾熊一样攀在我的身体上，说："大熊，你今天让我觉得太意外了！"

"有吗？是不是还不够浪漫？"

"不是的，你知道吗？这么多年，这是你对我做过最浪漫的事，大熊，你快点儿娶了我吧！"

"别着急啊，现在这样跟结婚也没什么区别嘛！"天知道，我是故意那样说的。

"不一样的，结了婚我就可以给你生小熊了。"顾北惜在我后背蹭呀蹭，说完，还在身后一口咬住我的耳朵。

我的冷汗流了一地……小熊？我没听错吧？后来我说："还是别生熊了，有我一只就够了，我可不能让我儿子跟我一样笨……"

"哈哈，大熊，你越来越有趣了，还有，你怎么知道我一定能生儿子？我才不要，我想生个闺女！"

那天我也不知怎么了，佯装出不乐意的样子，说："那更不行了，女儿要像熊，长大就嫁不出去了！"

说完，我和顾北惜就一起笑倒在床上。

那天过后，我们给双方父母打了电话，把结婚的日子定了下来。顾北惜开始变得无比认真，婚礼的一切都在筹备之中，每天下班回来，她总是问一大堆问题，虽然我被问得头脑发晕，可也是打心底的高兴。

忘了哪一天，我终于空出时间陪她去她一直想要去的那家婚纱店里试婚纱。一路上，她蹦蹦跳跳，不知怎的，恍然间，我就想起了第一次见面时她那副天真可爱的模样。

婚纱店里，挂满了各式各样的婚纱，在镁光灯的映照下，每一件都是那么美。顾北惜换了一件又一件，每次从试衣间里出来，都要转上几个圈圈，还不断问我："大熊，你觉得这件漂不漂亮？"

我连连点头，说："漂亮漂亮！"问多少次，我都是一样的回答，她噘起小嘴不高兴了："大熊，你根本没看对不对？你就是在应付我！"

"没有，哪有啊！我说的是实话，你人长得好看，穿什么都漂亮！"说完，我自己都觉得有点刻意讨好她的味道。

没想到，顾北惜很开心，说："那好吧，我最后再试一件……"

我点点头，她又进了试衣间。就在这时，我接到了一个电话，听筒里传来顾北惜父母的哭声。

我大声喊叫顾北惜，她被我吓了一跳，衣服只穿了一半就跑出来："怎么了？"

"走吧，去医院，你弟弟出车祸了。"

出了婚纱店，我们打车直奔医院。坐在车里，她整个身体都在颤抖，小脸煞白，眼眶里蕴满了泪水，一个劲儿地问我："弟弟没事吧？应该不会很严重……"

我点点头，抱紧了她，说："没事的，放心吧，不会有事的。"

"没事的，没事的……"她也一直重复着。

等到了医院，她看见满脸泪痕的妈妈，以及悲痛过度昏过去的爸爸时，就什么都明白了。她一下子瘫坐在了地上，任凭我怎么拉也拉不起来。然后，几乎震耳欲聋的号啕声充斥了整个医院，我的眼泪也跟着噼里啪啦地往下掉。

我不愿意相信生命会如此的脆弱，更不愿意相信那个前不久还叫我"姐夫"的孩子，眨眼间就消失在这个世界。我答应他还会去看他的，却怎么也没想到再次相见是在这样的时刻，面对的是这么悲痛的情景。

其实，接到电话的那一刻，我就已经得知这个噩耗了，只是无法接受，想骗骗自己，骗骗北惜，可却无法逆转这个事实。

我们给顾北城办了丧事，送他去火化那天，顾北惜穿得很单薄，神情有些恍惚。

医院的人员抬着担架出来时，顾北惜好几次都想扑上去掀开那块白布,周围的人一直拦着,她不停地哭,不停地哀求着:"让我再看看我弟弟,我求求你们,我想再看看他,再看看他,他没有死,真的没有死……"

我从身后搂着她的腰,我真怕没有我的力量支撑,她会倒在地上,连挣扎的力气都没有。我说:"北惜,你冷静一点儿,别闹了,这样北城知道了也会难受……"

顾北惜忽然就乖了,不说话了,变得很安静,但眼泪还是簌簌地流。

我们就这样送顾北城离开了,车从医院开向殡仪馆,然后火化。好好的一个人,曾经有血有肉的一个人,最后能留在世上的竟是小小的一撮骨灰。

我头一次感觉自己这么接近死亡,想起顾北城那张还颇为稚嫩的脸,我的心就像被什么东西揪着一般,疼痛不已。

我们送伯父伯母回了家,陪伴了一段时间,气氛一直很不好,饭桌上少了一双筷子,每每吃饭时,所有人都默不作声。我也跟着沉默,我最怕傍晚的时刻,我还记得那些日子,每当夕阳快下山的时候,顾北城就会连跑带颠地赶回来。如今,等不到了。

这些日子,顾北惜最为难过,她回忆起和弟弟的过往,告诉我弟弟一直是她的骄傲,她辍学,她打工,这么努力地活着,都是为了有朝一日弟弟能够出息,家里人一直把弟弟当宝贝一样疼着。

她说:"大熊,你知道么?我的心有多疼,多疼……"

我的眼睛很酸涩,忍住不让眼泪掉下来。我开口说话,声音有些哽咽:"没事,你还有我,还有我。"说完,又是很长时间的沉默。

当悲痛达到一定的程度，人就会开始麻木。渐渐地，大家都选择把"顾北城"这个名字存放在心底，谁也没有再提。

我和顾北惜回到城里，又开始忙碌地工作，我相信时间能缓和一切疼痛，也能愈合人心的伤口。

5. 一切已回不来

后来我才懂得，时间并没有那样的能力，它用冗长的岁月掩盖住了伤疤，却不能彻底将它医治——生活回不到原有的轨迹，一切都在悄然间发生了改变。

从那以后，我没有再看见顾北惜真正开心地笑过，她不再给我讲笑话，也不会黏着我撒娇，每天的日子忽然间变得很乏味，我不知道该怎样来哄她开心。

我们的婚事谁也没有再提，我也没想过，这短暂的快乐时光之后竟会发生如此悲痛的事。

是夜，顾北惜躺在我身边却背对着我，关了灯，屋子里一片漆黑。我仰躺着，却睁着眼，好几个夜晚都是如此。

我好讨厌这种感觉，我想要打破这种寂静，可无奈口舌笨拙，真的不知如何开口，于是我微微侧过身，慢慢伸出手去想揽住她的腰，却没想到触碰到她身体的瞬间，我感觉到她全身在颤抖。

"北惜，你怎么了？"我将她彻底揽在怀里，问她。

她没有回答，全身颤抖得更加厉害。

我刚开始以为她是冷的缘故，可现在感觉不对了，于是起身开了灯。她小小的身子缩成了一团，我看见她满脸的泪痕，盛满泪水的双眸里是不可名状的悲伤。

"北惜，你别这样，这么久了，你知道吗，看着这样的你，我也很难受。"我用手为她擦去眼泪，却怎么也擦不干净。

她有些抵抗，不停地摇着头，半天终于静了下来，开口说了3个字："你不懂。"

"我不懂，我怎么可能不懂！我也把北城当成我的亲弟弟啊！"我以为她是说我不能感同身受她失去弟弟那种悲痛的心情，所以才这样说。可后来才知道，她说的"你不懂"原来另有深意。可当我真正明白时，一切好像都已经来不及了。

那晚，她没有再多说一句话。而我也沉默下来，关了灯，依旧抱着她，可心里却那么凉，那么凉。

几天后，顾北惜的电话嗡嗡作响，那天刚好我在家，我正想接听，她却从厨房跑出来一把抓起电话，看了我一眼，走出门外。

我进厨房继续做饭，她电话打了一个小时。再进屋来，我留意到她红肿的眼，知道她肯定是哭过了。这些日子，她一直都这样，每天都在以泪洗面，我总感觉她有事情瞒着我。

"北惜，你能不能告诉我，你最近到底怎么了？是因为北城的事难过，还是因为别的？"

"大熊，如果有一天让你放弃现在的一切，跟我回山里生活，你愿意么？"顾北惜盯着我的双眼，认真地说。我愣了一下，反问道："为什么要回山里？"

她的眸子瞬间暗淡下来，轻声说："我知道了……"然后又背过身，肩头耸动起来。

第二天，顾北惜离开了，这让我始料不及。她什么理由都没有给我，只留下了一张纸条，短短的几句话就好像是她全部的交代。纸条上写着：因为爱你，我不想连累你，所以选择放弃。

我开始一遍又一遍地给她打电话，可是电话里只传来令我失望的忙音。我不明白到底发生了什么，一切是那么的突然。

我不甘心，我需要一个正当的理由，于是我一秒钟也没有多想就跑去公司请了假，急忙搭乘去她家的客车，进行一场爱的追逐与奔赴。

客车颠簸的几个小时里，我的整个脑袋都处于混沌之中，始终理不清头绪，就好像一团散落在地的毛线，找不到头。

终于到了她家门口，我上前敲打紧锁着的大铁门，喊着顾北惜的名字，可屋内始终没有人应声。喊得嗓子都嘶哑了，只好坐在她家门前等，我想她总会有出来的时候，可是我错了。

我一连在这里等了数天，也没见她出来过。

其间，伯母倒是走出来劝过我，她说："好孩子，听伯母一句话，回去吧。你们不可能在一起的，她爸……唉……"说完，就是一阵叹息。

我再问为什么时，伯母便止口不言了。

公司批准的假期已经过了，可我依旧没有得到任何答案——我坚持在这里耗着，几近半个月之久。伯父终于出来了，肯与我面对面地谈话，可我却始终不见顾北惜的影子。

伯父问："你愿意上山来耕田种地做我的养老女婿吗？"

我愣了，难道只是这个原因，才让顾北惜离开我的吗？

我思考了很久，却不能应承下来，只得摇摇头。如果我真的答应了，那我住在城里的父母谁来照顾？况且，若真是如此，在这半山腰上耕地为生，我可能连自己都养不活，何况要担起一家的重任。

我刚想开口请求伯父的谅解，可伯父却摇了摇头，说："那没什么可以商量的了。"

我明白，现在的这些问题，在顾北城出事以前根本就不是问题，可顾北城走了，家里未来的支撑一下子就没了，所以不得不将顾北惜留在家里。

"伯父，我是真心喜欢北惜，我求你，求你答应我们在一起吧！我会好好努力在城里工作，让她享福，过上好日子的，也会经常回来看你们的……"我的声调、我的语气都已经有些发颤。

可这些话，伯父并不领情。他冲我喊："喜欢？喜欢不能当饭吃，喜欢也得看现实！你们年轻就只想着情啊爱啊的，有没有替周围的人考虑过，只想自己快乐，那叫自私！男人，要担的不只是他爱的女人的责任，更有一个家庭的责任！"

"这我知道，可伯父，你得给我机会，才能验证不是么？"

"够了！我自小生在这山里，我祖祖辈辈也生活在这山里，我的女儿也得生活在这山里，就算死，也都会死在这儿！"伯父开始有些蛮不讲理了，面对他，我知道自己再多的恳求与辩白都已无济于事。

可我仍旧在等，我要顾北惜亲自给我一个解释。我不相信她会这么轻易地放弃我们的爱情，几近3年的岁月，我们把最美好的青春奉献给了彼此，难道这样还换不来相守到老的决心吗？

公司主管的电话打了过来，一直在催我回去，说再不回去他也替我瞒不住了。

寒冬天气，我的双手几乎失去知觉，电话里的声音嗡嗡响作一团。我的眼泪跟鼻涕就一起下来了，我以为是冻的，可后来才发现是自己哭了。

头一次感觉到自己这么无助，面对一些东西，手足无措，无能为力。曾经陪伴自己同进退的人，忽然间如此决绝地选择离开自己，连一个解释都没有，甚至连再见自己一面的勇气都没有。顾北惜，你难道没有想过，你这样做，对我多么残忍。

难道，爱情，面对现实真的那么不堪一击？

我又等了一些日子，终不得已选择了放弃。我不得不承认，爱情，真的悲哀至此。

看来，顾北惜是铁了心不会再见我了。临走的那一天，我也给她留了一张纸条，上面满是我对她的不理解和不原谅。

顾北惜，我恨你，我恨你不肯坚持我们的爱情！我恨你对我如此地绝情与残忍，你从我心里抽走了全部的爱，就这么潇洒地离开了，留下我这么一个躯壳，往后该怎么办？

我恨你！这辈子，都不会再原谅你！

我回到公司就辞了工作，拒绝了任何人的挽留。

我开始流连于夜店和酒吧，第一次喝酒买醉，想用酒精麻痹自己，想忘记顾北惜的脸，忘记让我痛苦的一切——可每每宿醉后的清醒，让我脑海里的记忆变得更深刻，更清晰。

从来没抽过烟的自己，每天开始抽好几包烟，有时烟熏雾绕呛得自己猛咳。

每天的日子我都过得很颓废，不洗脸，也不刮胡子，吃着速食方便面，缩在屋子里一坐就是一天。

有时从卫生间的镜子里，看到自己这般模样，仿佛一下子就老了好几十岁。怔住看了许久，有些自怜地笑了，因为我都瞧不出镜子里映出来的影像是自己的脸。

后来，到了快要喝水度日的时候，我又换了一种折磨自己的方式。

我到建筑工地去干活，每天穿着脏兮兮的衣服，穿梭在工地，做着从未做过的苦工。日复一日，疲惫不堪。我以为累了就可以让我不再去想顾北惜。可是，晚上，她总是悄悄潜入我的梦，清早醒来，总是满脸泪痕。

干了近一个多月的体力活，心依旧那么疼。

不记得是哪天，我同往常一样，像机器一般地搬着砖，转身时一下子撞到一个人，没等我说"对不起"，迎面便是重重的一拳，砖块散落一地。

我红肿着眼，抬起脸，看见了林若轩。

"你能不能有点出息，你真打算一辈子就做这累死人的活儿了？顾北惜她算个什么东西，她这么对你，你为她难受、痛苦，甚至拼了命折磨自己，她知道么？"

"不许你这么说她！不许你这么说！"我愤怒了，我深爱的女人，我可以怨她，恨她，可就是不允许别人说她一丁点儿的不好！我冲林若轩扑了上去，我们两个扭打在一起。

由于体力透支，我败下阵来，可林若轩并没有停手，我躺在地上，迎接他的一拳又一拳，我知道，他是想要打醒我。

最后，他也累了，倒在我身边。我们呼呼喘着气，身体阵痛。

半晌，我们都起身，看着彼此狼狈的模样，心里五味杂陈。林若轩看了看我，抬起手，迟疑了一下，最后拍了拍我的肩膀，说了一句："兄弟，好好的吧。"然后，转身走了。

林若轩的出现，让我意识到，我不能再这么折磨自己了。那天过后，我离开建筑工地，在家里休息一段时间以后，终于平复自己的情绪，把悲伤压在了心底。

我在离家不远的地方又找了一份新工作，慢慢步入正轨后，父母替我安排了一场相亲，想尽快结束我的单身生活。

我头一次那么乖，什么想法、意见都没有，像是被扯了线的木偶，情愿被别人操纵。和我相亲的那个女孩子小我一岁，笑起来时很大方，会露出一口洁白的牙齿。

我们彼此并不讨厌，仅此而已。在父母的催促下我们在一起了，双方的父母笑得合不拢嘴，像是完成了一件大喜事。我想扯扯嘴角，至少装出一副开心的样子，却怎么都笑不起来。

结婚当天，一场本该简单的婚礼却弄得颇为复杂，折腾一番下来，我们都很累。

躺在新房的床上，我没有碰刚结婚的妻子。她看了看我，有些不解。我说："今天先睡吧，都已经那么累了。"她好像很感激我的贴心，弯弯嘴角，说："好，你也是……"

很快，她躺在枕头上就睡着了。外面月光很清冷，我坐起身，想起无数个这样的夜晚，顾北惜也是这样躺在自己的身旁。

那时，她总像个孩子，会紧紧抱着我，偶尔还会抢我的被，可半夜清醒时，又把抢去的被子盖回到我身上，清早还会埋怨说：

"你晚上都不盖被子，要是冻感冒了，怎么办？大熊，你真是个笨蛋……"

可现在，花相似，人不同。往事的点点滴滴就像一个冗长的梦，梦很美，可醒来后，徒留伤感。

想到此，我的眼泪滴滴答答如阵雨倾泼而下。我不敢出声，只能趁着微微的月色，在这黑压压的屋子里闷声哭泣。

顾北惜，我这颗跳动的心依然爱你。

★青春成长箴言

这是一个真实的爱情故事。也许它很平淡，但即便如此，因为那份真实，还是能轻易拨动我们的心弦。

谁说爱情只能是风花雪月的浪漫呢？很多爱情，都是在苦日子里建立起来的。但不可否认的是，人生有很多事情都是无可奈何的，爱情是生活的一部分，也只能如此。

因此，在拥有一份得之不易的爱情时，我们应该学会呵护，学会珍惜。或许你没有遇见和经历那种刻骨铭心的爱情，不过光是想想，就已经让我们心动不已。

三、再见，记忆里的追风少年

回家后，窝在沙发里，我的心还在止不住地难过。我觉得上帝就像一个顽皮的孩子，他把我当成了好玩的玩具，随意玩弄，却没发现原来玩具也会流泪。

说来可笑，这个世上有很多遇见都会成为一次好的开始，唯有你我的相遇，从一开始，就是为了错过。

和你在一起才拥有全世界

1. 见到你的那一刻，世界忽然安静了

2009年4月17日，我做了一件从小到大都没有做过的疯狂事——坐上了去青岛的长途客车。

清楚地记得，那天是星期五，不堪大学枯燥生活的我，跟导师请了病假，拿着300多元的生活费，怀着无比忐忑的心情，买了一张通往青岛的车票，便开启了我人生的第一次青春之旅。

我坐在靠窗的位置，看着外面的景色一路倒退，连成一片斑驳。心中的愉悦感蓦然而起，却也在刹那间想到：自己还未曾告知身在青岛的你。于是，我赶忙掏出手机，酝酿许久，才发了一条短信，然后紧张地搓着手指，感觉自己的掌心都在冒汗。

在等待你回信的几分钟里，我幻想了无数种情形，最糟糕的一种便是迎来你的一顿训斥。结果，果真如我所想，看到短信之后的你，立刻给我打来电话。我慌张接起，听见了你熟悉的声音，你说的明明是训斥、埋怨的话，我却在音调里感受到了你的兴奋和温柔。

我耐心地听着，直到你"抱怨"到口干舌燥，不得不接受我正在前往青岛的事实。随后，你安排好一切，叮嘱我到站后，一定要给你打电话。

电话挂断之后，坐在我旁边的阿姨忽然问我："你是第一次去青岛吧？"

我想，她定是听到了我和你说的话，于是"嗯"了一声，点了点头。

随后，我们便闲聊起来，她给我讲了很多有关青岛的故事，还从自己的包里拿出一罐牛奶和些许榛子塞进我的手里。当时我的确有些饿，可是我却舍不得吃，想把它们都留给你。

经过两个多小时的颠簸，客车终于到站，我随着人群下了车。和刚才聊过天的阿姨告别后，我才发现四周人群熙熙攘攘，霎时间，这陌生而杂乱的环境让我慌了神。

就在这时，攥在手里的手机忽然响了。接通后，我听见你气喘吁吁的声音，你问我："小佳，你到哪儿了？"

"我刚到站，这里有好多人啊，你在哪儿呢？"

"我也在车站，你得告诉我你的准确位置，你看看附近有标志性的建筑物吗？"

我听后，赶忙环顾四周，连说了几个我看到的牌子，可你说不知道。我的心有些慌了，忙朝四周再看看："海鼎假日酒店，我能看到海鼎假日酒店，你知道这儿吗？对了，我穿着一件浅蓝色的上衣，灰黑色的牛仔裤……"

话音还没有落，手机"滴"的一声就挂断了，我拨过去，却无人再接听。正当我不知所措的时候，马路对面传来了你的声音："小佳，小佳……"一连好几声，那陌生又熟悉的嗓音在耳边激荡。我转过身，目光朝对面马路扫了几眼，你站在离我20米开外的地方，不停地朝我招着手。

那一刻，我怔愣在原地，不出片刻，你已轻巧利落地越过两三个红白相间的栏杆，以风一般的速度来到了我的面前。

那一瞬间，我忽然感觉四周的嘈杂声都没有了，耀眼的白光暖暖地从高处洒下来，天地间好像只剩下我们两个人。

你温暖地笑着，露出和自己肤色形成鲜明对比的小白牙，我就那样看着，看着，入了迷。

当我终于缓过神儿来时，你已经拖起我的手，带我穿过宽阔的马路。我就这样任你牵着手，好似天涯海角都会随你走。

2. 那一夜，令我慌张的吻

你打车带我去了胜利桥，来到附近的联成广场。在那里，我见到了你口中常提到的"二哥"。你对他说："这是小佳，我妹妹。"我们礼貌地打了招呼。

这个很有个性的内蒙古小伙，憨态可掬地笑着，随后，便拿出他刚从朋友那里借来的相机对我说："好不容易来青岛一次，你和老大站那儿，我给你俩照几张相，留个纪念。"

他这么一说，我就愣了，好一会儿，才反应过来，他口中的"老大"说的是你。

没等我问个缘由，你就拉着我找好了位置。蓝天白云下，4月的暖阳打在人身上，和煦的春风拂过你我的面颊，我听见"咔嚓"一声，那一刻，似乎这份美好就在此定格。

之后，你向我解释了"老大"之称的由来。我这才知道，原来当初你们是按来学校的顺序排的名,你第一个来学校报到,所以就成了"老大"。我们边走边聊,不知不觉来到一座地下商城。

在那里,我吃了来青岛后的第一顿饭——小馋猫烤肉拌饭。那个味道,直到现在我还清楚地记得。

吃饱喝足后,我跟着你来到你在读的大学,站在学校门口时,我略微迟疑:"我真的可以进去吗?门卫不会拦着吗?"

你笑了笑说:"当然可以,不过,你得这样和我进去……"说着,你又牵起我的手:"我想,门卫应该不会拦着学生的家属……"我还未领略你话语中的深意,便随着你走进了校园。

学校真大呀,我四处张望,跟我上的大学有太多的不同。你兴奋地指着各处给我介绍,原谅我还没能从混沌的感觉中清醒过来,所以只能看得眼花缭乱,听得糊里糊涂。

就在这时,一个小姑娘跑了过来,拍了一下你的肩膀,我想:这定是你的小女朋友。于是,我将手从你的掌心中抽出。

你奇怪地看了我一眼,还未来得及说什么,对面姑娘的质问已经堵住了你的嘴。

她板着一张脸,似乎带着怒气:"你说,你把我的宿舍钥匙藏到了哪里?"说着,不管不顾就朝你摸索过来。

你左躲右躲,终是没躲过。在确认钥匙真的不在你身上之后,她一脸失望的表情,不过几秒过后,她露出小女孩的本性,向你耍赖:"好啊,你不给我钥匙,我就赖着你不走……"

你哭笑不得:"杨琳琳,你是小孩子吗?我妹妹今天来看我,我可没心思陪你玩……"

你说完,那个叫杨琳琳的小姑娘才注意到我。"这样正好,那我就赖着你妹妹。"说着，她看向我，"你晚上找好睡的地方了吗？要不我和你一起吧？"

"好啊"二字还没等我说出口，就被你挡了回去："她的事我操心就行，你还是快找你的钥匙吧！"杨琳琳听后噘着嘴，不高兴全写在了脸上。这时，刚才不知去哪儿的二哥忽然从远处跑了过来，笑嘻嘻地看着杨琳琳，伏到你耳边，不知说了些什么。

随后，二哥故作神秘地说："杨琳琳，我把你的钥匙放门卫那儿了，你去取吧！"杨琳琳听后，拔腿就朝门卫那儿跑去。可是她还没跑出多远，二哥就掏出一把钥匙，在我眼前晃啊晃。

我顿觉不太对劲儿："那是杨琳琳的钥匙吗？你们俩玩什么把戏呢？"

你告诉我："小佳，别担心，等待她的是一个惊喜。"后来，我才知道，你们联合起来在帮助你们的四哥，追这个叫杨琳琳的可爱姑娘。没想到的是，我竟然也不知不觉参与其中。

临近傍晚，你带我来到一家旅店，开了两个房间。

坐在旅店的屋子里，你点上一支烟，静静地看着我，忽然说："小佳，我真没想到你会来。我来青岛这么久，你是第一个来这儿看我的人，说实话，我有点感动。"

这么煽情的语句从你的嘴中说出来，让我反倒不好意思起来。

静默片刻，我摸到了一直放在衣兜的牛奶和榛子，于是赶忙掏出："喏，这是在客车上一位阿姨给我的，我来看你没给你带别的，把这个当作礼物好不好？"

话音未落，你掐灭手里的烟头，冲上来抱住我，好久才放开，然后说："小佳，你知道吗？这是我见过的最大的榛子……"

你一定不知道，被你拥抱后，我心里像有只小鹿乱撞。

不一会儿，一直站在门外的二哥接到电话，是四哥打来的，说他成功抱得美人归，约我们两人去喝酒庆祝。你想拉着我一起去，我摇摇头说："我有点儿累了，想休息一下……"

你没有强求，很快和二哥下了楼。我一屁股坐在床脚，捂住了还在激烈跳动的心脏，明明我没有喝酒，却感觉神志有点儿飘。

晚上10点多了，你喝得酩酊大醉，二哥把你扶了回来。不知无意还是有意，他将你送到了我的房间，你一头栽倒在床角，我和二哥费了好大的力气才把你抬上床。

二哥走后，你开始声声呢喃。坐在床边的我，没有办法听得真切，于是只好俯身靠近你的脸，离得近时，你呼出的气体暖暖地掠过我的面颊，有些微微发痒。

就在我快要听清你说什么的时候，你忽然抬起手臂将我揽进怀里，你温软的唇瓣拂过我的脸，自然而然地落在了我的唇上。霎时间，我的心仿佛化作一只白鸽，腾飞而起，迫不及待地要跃出这狭窄的胸腔。

3. 毕业后，我想带你去看海

你酒醉后的吻，带着微微的烟草气息。

那一夜，我像个情窦初开的少女，辗转反侧，无法入眠。闭上眼，脑海中都是你那张帅气却略微稚嫩的脸。

第二天清早，你在迷迷糊糊中醒来，似乎忘记了昨晚的事，看到我有些惊讶，笑着说："小佳，昨天没给你添麻烦吧？"

本是再正常不过的问话，却惹得我面颊一红，含糊了事。好在你没发觉，一直在忙着收拾自己。

二哥赶到后，你们商量着今天带我去哪儿玩，我听见你说："去海边吧，小佳一定还没有看过海……"我在一旁插话："好呀好呀，我真的是从小到大都没有看过海……"

决定之后，我们准备出发，这时你的电话忽然响了，接完电话后的你一脸沉默。片刻后，你抱歉似的对我说："我实习的公司里有点急事，老板叫我回去，不能陪你了……"

听到你的话，我满心失望，可是我又能说些什么，我可以任性地翘课来看你，却不能让你任性地翘班来陪我。我看得出，你也很失望，于是安慰道："好啦，你回去工作吧，我也该回去了。"

你看着我，翕张着嘴，半天才抬起手摸了摸我的头发，微微抿嘴道："小佳，你快实习了吧？你工作以后，还会来吗？我想带你去看海……"

我点了点头，说："嗯，我一定会再来。"因为，我想和你一起去看海。当然，后面这句我没有说出口，不过这个允诺，就注定了我对青岛这座城会有第二次奔赴。

退了房，我们在旅店附近的早餐店里吃早餐。其间，二哥接到一个电话后，就匆匆离开了。

你带着我坐着公交车，来到火车站。车站里人满为患，排队买票的人成了一条条长龙，延伸到门外。无奈之下，你只能带着我去客车站买了回家的车票。

很快，开车时间就要到了，我忽然紧张起来，不知从哪来的勇气，我向前迈出一步抱住了你。

你太瘦了，隔着衣服，我似乎都能触碰到你的骨头。你也许被我的举动吓愣了，但几秒后，你还是轻轻回抱住我，我的下巴抵在你的肩胛骨，心里默默对你说：再见，林嘉诺，下次再见。

许久，你放开了我，在售票厅的广播下，我上了车，找到位置坐下后，客车缓缓开动起来。隔着车窗，我看着你又点燃了一支烟，夹在指缝里，但一直没有吸。

不知为何，我望着你晶亮的眼睛，眼角不知不觉湿润了起来。你我7年未见，这相见后不到24小时的时间里，我的心沾染了太多的愉悦，片刻未停，而此时此刻突如其来的伤感，大概是不愿意面对再次离别的缘故吧。

回去的路上，我昏昏沉沉睡了一路，直到司机喊我下车才清醒过来。可下车后，我才发现自己被扔在了高速公路上——眼前陌生的景象，让我瞬时慌乱起来。

好在这时，你打来电话，在得知我的情况之后，先安抚了我的心情。平静下来之后，按照你的指示，我找到一个在高速路旁的斜坡上挖野菜的阿姨，她给我指明了方向。

随后，你打电话给我们的发小成浩，让他想办法去接我。成浩当时正要打一场校内篮球赛，听到我的事后，球也不打了，直接翻学校的墙出来，打车来接我。

见到成浩之后，他立即对我开启了唐僧念经般的训斥与教导，好在我没有紧箍咒，免了一场就地打滚的惨剧。

三、再见，记忆里的追风少年 ☆

随后，他拦了一辆出租车送我回家。一路上，他却不说话了，快下车的时候，他忽然问："你们在青岛都玩什么了？"

我不想告诉他，于是笑道："没玩什么，林嘉诺说，毕业后想带我去看海……"

"你还想去青岛？就凭你的智商，也不怕被人卖了……"

"我当然不怕……"

我没告诉他，有你在的地方，我什么都不怕。因为那时，青葱年少的你给我的感觉，除了喜欢，还有心安。

4. 再一次，为你奔赴青岛

4月很快就过去，5月的艳阳打在我身上的时候，舍友陆续开始参加实习，我每天也拿着简历穿梭在各大招聘市场。

没过几天，就接到一家公司的面试通知。可没想到，面试官会提出那么多刁钻刻薄的问题，毫无工作经验的我，回答得有些语无伦次。

就在我心灰意冷，觉得自己肯定被Pass掉的时候，命运之轮竟来了一个大逆转，面试官最后给了我offer，并通知我一个星期后到公司去上班。

这个消息简直是意外惊喜，我站在镜子前兴奋不已地挑选着衣服，想到即将步入职场中，心里就紧张万分。

这时，你的脸突然浮现在脑海，短短几日不见，原来我是那么惦记你。想起前不久，你对我许下的承诺，我便激动不已，于是决定在实习之前，再次奔赴青岛见你。

这一次，我带上了最好的闺密沈君宝。临去之前，我听周围的人说，青岛刚下了一场暴雨，城中的雨水能没过膝盖。

为了证实这件事，确认自己是否可以立即前往，我上网查了天气，搜了新闻，但总觉得这些还不够，思来想去，索性在QQ上加了几个青岛人。

其中，一个叫"嗨，你的益达"的青岛人告诉我：你就放心来青岛吧，天气特别好，你要是需要，我可以给你当向导。

我说：我不需要，我去青岛是为了见发小，有他在就好。

第二次站在青岛火车站，当初的陌生感早已消弭。我拉着沈君宝的手，激动地给你打电话。在泰安路找到你的时候，你的身边还站着一个男孩子，但不是二哥。你告诉我："这是小七……"

当时我就笑了："你们是金刚葫芦娃啊！"说着，扭头对小七说："来来来，快把你的宝葫芦拿出来给我看看……"

小七愣了，半天才笑道："你妹也太逗了吧？"

你不置可否："是啊，她就是这样……"然后扭头对我说："还有老八呢，不过是个女孩，曾经是小七的女朋友……"话音未落，小七一巴掌上来就堵住了你的嘴："哎哎哎，今天不谈旧事啊。"

我们有一句没一句地聊着，之后找地方吃完饭，便开始了一天的游玩。你带着我们来到崂山的海边，那是我第一次真真切切地看见大海。我脱掉鞋子，深一脚浅一脚地踩在绵软的细沙上，海风轻轻吹拂着我的头发，我无法形容自己激动的心情。

"小佳，你看……"你指着海面上由远及近的船只，我眺望过去，海天相接的远处，有好多海鸥在船只上空盘旋。霎时间，鸟叫声，船鸣声，都萦绕在我的耳畔。

你脱掉了鞋子，拉着我下了海。

脚踝刚没入海水的时候，有丝丝的凉意，我踩在一块大石头上，却并不安分，一会儿跳到了这里，一会儿又跳到那里。你声声担忧，却依旧牢牢扶住了我，任我如此调皮。

我们四人在海水里站了很久，蹦跶累的时候，就静下来，看清澈海水里四处游窜的小海蟹，还有一些躲在石缝里的海贝，最漂亮的是颜色各异的光滑石头。

没过多久，便迎来了黄昏。天边的红霞打在海面上，让一切显得那么唯美，就像一幅中世纪的油画。此时，脚下海水的凉意更深了，我们不得不离开海水。

坐在海滩上，任风吹干我们湿漉漉的脚丫，然后穿上鞋子，先后朝远处的山坡上跑去。我忙着给你们照相，所以始终在后方，当我刚拍完一处景致，将视线投入到你身上时，不知不觉就怔愣在原地。

很久很久之后，我仍能清晰地记得：那天的你，穿着干净的白色衬衫，不顾一切地朝山坡上跑去，风呼啦啦地缠绕在你的衣角，颀长的背影在我的眼眸中一晃一晃。

忽然间，你转身定格在那儿，扬起你细长的手臂，不停摆动。你朝我喊着："小佳，快上来！"

阳光下，你整洁的小白牙晃花了我的眼。

5. 这一幕，吓傻了他们，气哭了我

天色渐渐暗了下来，青岛的夏夜很美，我们沿着小路离开崂山的时候，看见道路两侧有很多樱桃树、葡萄藤。

走到马路边，我们坐公交车回到了市里，找好住宿的旅店后，便来到附近的大排档。

我们围坐在一个小桌边，点了几份烧烤，外加几瓶啤酒。不足10米以外的地方，有一台供顾客观看的电视机，播放着叫不出名的电视剧，我几乎听不见它发出的声音，反倒是被周围的说话声、嬉笑声彻底淹没。

这一天，实在是兴奋，从不喝酒的我，竟然也在小七的鼓动之下喝了一小杯，然而就是这么一小杯酒，让我的脸颊开始发烫。

许是白天吹的海风有些凉，许是酒劲涌了上来，总之，我迷迷糊糊有些醉了，眼前的人一晃三个影儿。恍惚之中，你扶起了我，跟小七他们说了什么之后，我便失去了意识。

我记不清自己是怎样被你带回到旅店，只记得脑袋磕在床柜上的疼痛。我微微睁开眼的时候，发觉你正坐在我的身边，在互视的几秒钟里，你忽然俯下身来，轻裹住我的唇瓣。

我再次闭上了眼，感受着你齿唇之间的烟草气息，我从未想过，一个吻，会让人如此迷醉。

你顺势跃到床上，纤细柔软的手指沿着我的腰一路向上。猛烈的心跳让我骤然间睁开眼，你一愣，眸中潋滟着情欲之波，轻声问："小佳，我可以吗？"

情势发展得太快，太激烈，我竟一时间不知如何作答。但荷尔蒙并没有冲破我的理智，我终是摇了摇头，别过脸去。

你额头上浸出的汗珠滴答滴答落了下来，我的心像打鼓一般，若你一路强势下去，我知道自己定会深陷其中。然而，你却将手慢慢收了回去，退下床的那一刻，我再次选择闭上眼睛。

似乎没有多久，一阵嘈杂的声响打破这份尴尬，小七扛着满嘴胡话的沈君宝走了进来，你满是诧异："你怎么把她灌醉了？"

小七手忙脚乱把她放到床的另一侧，说："她说她自己从没喝过酒，结果一个人一喝就是一整瓶……"

小七的抱怨之词还没说完，沈君宝就开始唱歌。我的脑袋嗡嗡直响，随后，我也跟着唱。我们都不知道彼此唱了什么，我想你和小七也不懂。那一夜，我说不清是快乐、沮丧，还是忧愁，无论是何种情绪，醒来之后都和我无关，只当是做了一场疯狂的梦。

次日清早，阳光透过窗子打在我的脸上。

我醒来之后，发现小七疲惫地坐在床边的椅子上，一脸哀怨的神色。昨夜的片段还回播在脑海，但我佯装不知。小七却不依不饶地放录音，来证明我和沈君宝昨夜的疯狂。

梳洗完毕之后，正商量今天去哪里，你从门外走进来，一脸抱歉："我可能要回单位了，今天就让小七带你们玩吧。"说完，还未等我说什么，你便匆匆转身离开了。

我总觉得哪里不对劲儿，却又说不出来。

小七思前想后，打车带我们去了青岛第一海水浴场。

在那里，我见到了更宽广的海滩，好多游客都找好位置争相拍照，成群结队的白鸽"呼啦"一下腾飞而起，那场景实在美极了，美到我暂且忘记了心中涌起的小疑惑。

在小七的陪伴下，我们玩得很愉快。到了傍晚，你给小七打来电话，我才知道你的单位在城阳，离青岛市区很远。

我缠着小七说："明天你就带着我俩去城阳吧，好不好，好不好……"拗不过我的痴缠，小七只得答应。

第二天，我们三人便坐快轨到达城阳，见到你的那一刻，我很兴奋，可你却只有惊讶，随即埋怨小七："你把她们带这儿来干吗？"小七无奈摊了摊手："你问小佳吧……"

我接过话茬："是我要来的，我想和你多待一会儿，你别怪小七……"你默不作声，看神色是不高兴了，我猜不出缘由，却又不敢多问。

随后，你带我们来到离你单位不远的民和市场，找好了住处。那天下午，你说今天真没时间，明天再请假陪我，说完，便回单位继续工作。

我们三个人都没有再出去，直到晚上你回来，大家买了些吃的填饱肚子。我支开小七，和你待在同一间屋子，想和你说说心里话。

我们说了很多，你倚着床背，点燃一支烟，我絮絮叨叨回忆着小时候的往事。你望着窗外出神，烟灰燃了好长，直到支撑不住落在你的手背上。我刚伸手去拂，你却不着痕迹地躲开，反应过来后，似乎一愣。

我笑笑，什么也没说，正巧沈君宝跑来找我，于是，我顺势退出了你的房间。

临近晚上10点，大家都睡了，沈君宝一个劲儿地抱怨小七的不是。其实，任谁都看出，小七对她很上心，只不过没人说罢了。我"嗯嗯"地回应着，脑袋里想的却是别的事情。

不知什么时候，我迷迷糊糊睡着了。次日清早，昨日的敏感都随梦而去。我走出房间，敲了敲你的门，不一会儿，小七探出脑袋："你等一下！"半晌，你们穿好衣服，总算出来了。

收拾好之后，小七买早饭回来，我们四人坐在一起吃。电视在一旁开着，也没人去看。忽然，你开了口："我一会儿回单位去上班了，你们几个好好玩！"

我当时就说："你不是说好了今天请假陪我吗？怎么又要回去上班？我不管，你今天必须陪我！"我没有命令的意思，却偏偏用了命令的语气，刚想缓和过来，却为时已晚。

我料到你会不高兴，但没想到你瞬时发了脾气："你是小孩吗？什么事情都得依着你来？我没时间就是没时间！"说完，便扭头走了出去。

这一幕，吓傻了小七他们俩，却气哭了我。

小七反应过来后，追出去，试图把你劝回来，却最终没能成功。他一个人回来的时候，沈君宝还在一旁安慰我。许久，小七发声问："今天去哪儿玩？"

"哪儿也不去！"我拉着沈君宝的手，怒气冲冲，"走，咱俩回家！"

6. 还未发芽，便已腐烂的种子

回到家以后，我开始变得闷闷不乐。其实，我压根没想过，自己的第二次青岛之旅会以这样的方式结束。

一天晚上，我登上QQ，"嗨，你的益达"忽然跳了出来："你在青岛吗？玩得怎么样？"

以前，我很少搭理陌生人，可此时我的心情糟糕到了极点，于是不由自主地就把在青岛发生的事全部告诉了他。末尾，我还义愤填膺地敲出一行字：他不道歉，我以后就再也不理他！

我想，对一个陌生人倾吐心情的好处就是：你所讲的这些，不管沾染何种情绪，对他而言，不过就是一个故事而已。

果然，在了解事情的经过之后，他说：有些事，不必太在意，你再等一等，我觉得，他一定会主动找你。

我看着他发过来的字发愣许久，虽然，他只是一个陌生的旁观者，但他的话还是很受用，恰到好处地安慰了我。过了许久，我回了几个字给他：但愿如此。晚安，好梦！

从那天开始，我便开始等——等到熟悉了工作环境，等到沈君宝交往了第一个男朋友，也没等到手机响起的那天。我甚至怀疑，它是不是欠了费，进了水。

没过几天，沈君宝来找我，炫耀似的给我看她男友的照片：

"帅吧？是我喜欢的兵哥哥，部队就在咱这儿，前不久我去看他，没想到，他为了见我，竟然从部队的墙里跳了出来……"

我这个人就是爱煞风景，随口说了一句："你到底没选择小七，人家还给你买了条裙子呢。"沈君宝呵呵一笑，道："一条裙子可俘获不了我的芳心。"我笑了笑，没再作声。

转眼间，夏末入秋，拂面而来的风开始掺杂着丝丝凉意。

这段时间，我一直拼命工作，试图借工作麻痹自己，好让我没有时间来思念你……偶尔，实在无事可做的时候，就给沈君宝打个电话，她倒是高兴得很，工作之余还能和男友一起吃饭、逛街。

而我呢，只能平淡地和她叙述一些工作的事，她觉得无趣，忽然话锋一转说："小佳，我们出来一起吃个饭吧，工作之后，都好长时间没见你了。"

"怎么，不陪你男友了？"

"陪他干什么，他哪有你重要。出来吧，咱俩约个时间！"电话里，她显得很兴奋。我笑了笑说："这是我今天听过最动人的谎话，小丫头片子！"

到了约定见面那天，我早早到了订好的餐厅，没过几分钟，沈君宝就从门外走了进来。这些日子没见，她的穿着品位都变了，一身简单大方的碎花连衣裙，看起来格外婀娜。她笑盈盈地对我说："小佳，你等很久了吧？"说着，便坐到了我的对面。

简单点了几个菜，她没吃几口，又开始了以往的滔滔不绝。我安静地听着，直到她说得口干舌燥。

趁她停下来的空当，我抬起脸来看着她，说："陪我去青岛吧！"她问道："去找林嘉诺？"我点了点头，这是我们闺密之间的默契。她没再说多余的话,马上就联系了小七。

小七还不知道沈君宝有了男友,自然很欢迎我们去青岛。

我夺过沈君宝的手机,问小七:"你说,林嘉诺会出来见我吗?"小七回答我:"我也不知道,你们来了再说。"

我知道,他现在满脑子想的肯定都是沈君宝。

那晚,我去了沈君宝租住的房子,我们俩睡在同一张床,就好像回到念书住校的时候。第二天,我们起了个大早,在附近的小吃店吃了早饭,便匆匆乘上公交车直达火车站。顺利买好车票,几个小时后,我们第三次来到了青岛。

小七接站很准时,可当我看到只有他一个人时,不免有些失望。

没等我开口,小七先解释道:"我真不知道你俩怎么了,好好的,怎么就这样了?我跟他说了好几次,他说什么也不肯出来,要不你自己打电话问问?"

我没说话,其实来青岛的路上,我已经发了很多条短信给你,期待你能如第一次那样打电话给我,可惜希望终究落空了。

忽然之间,我就没了勇气,我对小七说:"你帮我约他出来吧,我有很重要的事情要跟他说。你告诉他,我就在这里等一天,他不出来,明天我就回济南了。"小七无奈地点点头,算是允诺。

我们漫无目的地瞎逛,我看着小七打了无数通电话给你,却始终没有任何回音。当打了不知第几遍的时候,小七的手机忽然跳出低电量的提示,他不胜疲惫地问我:"还打吗?"

我摇了摇头:"看来他是真的不想见我……"

晚上,躺在旅店的床上,我忽然觉得特别委屈,眼泪不知不觉就积聚在眼眶。一旁的沈君宝紧紧攥着我的手，我想，她一定感受到了我的情绪。她对我说："别哭，好好睡一觉，也许，明天一切都会变好。"

听完她的话，我努力把眼泪憋了回去，拿出手机给你又发了一条短信，然后在满怀期待中，清浅入眠了。

第二天，我在旅店等到10点，仍未见你的回音。我没有勇气再等下去，于是退了房，决定当即回济南。

坐在公交车上，我始终沉默着。小七和沈君宝彼此互看一眼，大气似乎都不敢喘。我看着窗外不断倒退的景致，恍然发觉11月的青岛竟也如此寒冷。我深吸一口气，决定还是主动打电话给你。

手机响了很久，你才接起，我还未发声，你便不耐烦地说道："你烦不烦？这样玩儿有意思吗？你回济南吧，我以后都不想再见你！"电话里再无其他声音，你挂了电话。

几乎毫无预警地，我的眼泪就滑落而出："停车！我要下车！"

"唉呀妈呀！姐姐，这是公交车！"小七上来就要拉我，被我硬生生甩开。

恰巧到了站点，我几乎没等车门全开，就用尽全力冲下了车。我不知道这是哪里，也不知道自己要去哪里，只是号啕大哭，一直奔跑。我觉得，这一刻，我已经失去了全部的自尊与骄傲。

回济南之后，我大病了一场，同事劝我请个假，我不肯，只有忙碌的工作，才能缓解心里的烦闷。

每到深夜，我的耳边总响起你充满厌烦的声音："你回济南吧，我以后都不想再见你！"一瞬间，眼眶被泪水填满，像断了线的珠子滚落下来，那一刻，就连呼吸都觉得疼。

凌晨两点多，我辗转反侧睡不着，于是登录了QQ，看到你的头像暗着，刚想下线，"嗨，你的益达"说话了：你和他怎么样了？我说：我和他已经绝交了。

一个月后，我觉得自己渐渐好了起来，却在接到一个电话后，心情再度坠入谷底。电话是小七打来的，他一共说了两句话。

"我就问你一句话，你是不是喜欢林嘉诺？"

"好像吧，我觉得自己……嗯，喜欢。"支支吾吾半天，我终于承认了。

"他有女朋友了，别想了……"

"……嗯，没事，好……"

小七一定不知道，他说第二句话的时候，我的脑袋已经开始轰鸣。挂断电话之后，我站在楼梯的玄关处，眼泪像打开的水闸一般，哗啦啦地往下掉——我蹲下身子，双手抱着肩膀，在这个冬季的夜里，哭得撕心裂肺。

这场暗恋的种子，刚种在心里，还未发芽，便已腐烂。

7. 难怪说，所有的初恋都不会有好结果

自从知道你恋爱的消息后，我心情再不好也没有打扰过你，反而，我找到了一种释放心情的好方式——写文字。

当我写了10多篇文章，发表在QQ空间的时候，"嗨，你的

益达"忽然对我称赞道：真没想到，你竟然是个才女。

他说的这句话，让我蓦然间想起了你。

当年，你还没跟家里人回老家之前，我在省内校园散文大赛中获得一等奖，当时校报上还刊登了我写的散文。那时你拿着学校编辑部发给我的校报，笑着对我说："小佳，没想到你这么厉害，真是个才女！"

你走后，我已告别文字好多年。没想到，再次见到你后，又写起文字。

正想着，"嗨，你的益达"已经发过来好几句，说我的每篇文章他都看，遇到不懂的词句就发过来问我。我耐心给他解释，直到他明白为止。

有一次，我问他："你那么喜欢看我的文章，都看出什么了？"

他回复两个字："呵呵。"

我在这端沉默，"呵呵"是耐人寻味的两个字，包含了太多信息。我正在细细揣摩，他又敲了文字过来："我看出你不快乐……"尽管知道他看不见我的表情，我还是忍不住笑出了声。

我问："你何以见得我不快乐？"他说："快乐的人不会写那么伤感的文章。"我再度沉默，之后默默下线了。

我不知道该怎么说，没有了你，现在的我没办法快乐。我不知道快乐去哪儿了，也不知道谁还能再给我快乐。

12月中旬的一晚，我整理完手头的工作，就接到沈君宝同事的电话。电话那端实在是太吵，我把手机紧紧贴在耳朵上，才勉强辨别对方说了什么。在得知沈君宝喝得酩酊大醉，在饭店耍闹不休后，我连忙打车到他们吃饭的地方。

见到沈君宝的时候,她正瘫躺在椅子上,手里还拿着半罐啤酒。她的同事皱着眉头,对我说:"我们谁也弄不了,交给你了!"

我没有多余时间思考发生了什么,和大家架着她,打车回了我家。不知道她喝了多少酒,走起路来一摇三晃,我使劲儿搂着她的腰,尽可能不让她跌坐在地上。

一进家门,沈君宝就像失去支架的玩偶,"咚"的一声跪坐在地上。

我正想扶她起来,她却紧紧攥着我的手,说:"你知道吗?我的男朋友竟然背着我又找了一个女朋友。前几天,他退伍回安徽老家,之后就很少和我联系了。我就觉得不对劲儿,后来发现他竟然有两个QQ,那个我不知道的QQ里藏着他的小秘密。

"今天我们说开了,其实,我觉得自己对他没多少爱,但为什么还会心疼?是因为他骗了我?他说,他说,他要结婚了……"

我想说点儿什么,可发现说什么都苍白无力,于是就选择默不作声。我搀扶着她,让她躺在床上,她眯着眼睛说累了,声音渐渐沉了下去。

在她睡着前,我听见最后一句话:"难怪说,所有的初恋都不会有个好结果……"

次日醒来,沈君宝又恢复往日的活泼,对于昨晚的事,她只字不提。我睡眼惺忪地看着她伸了一个懒腰,感叹似的说:"好疲惫,我好像做了好长的一个梦……好在梦醒了!"

我沉默着,她突然抓起我的手:"走,陪我去买烤地瓜!"我瞬间坦然。

8. 我不找，你也别找，我们单着就最好

失恋后的沈君宝变成了 502 胶，我的世界再也没有清静过。她经常黏着我，下班后她就到公司楼下等我，让我陪她吃饭，陪她逛街，后来，她索性搬到我家里住，和我挤在一张双人床上。

其实，没有爱情，有友情也是好的。

沈君宝频繁地出现在我公司楼下，同事都以为她是我"女朋友"，还有人委婉地问我性取向。我只能翻个白眼，说："我们是闺密啦！"

我把沈君宝的经历写了下来，看到文章的人，愤怒者有之，感叹者有之，看热闹者也有之，唯独"嗨，你的益达"冷静地评论："女孩子都是被骗大的。"

我疑惑地问："怎么说？"他发来一个微笑的表情，说："骗来骗去，就成熟了，这是探知社会的一个过程。"我竟无力反驳。

不知从什么时候开始，"嗨，你的益达"这个人已经闯入了我的世界，成了我点滴生活的旁观者和分享者。在和他的对话中，我时常沉默，我觉得：当稚嫩撞上成熟，无非都是这个样子。我的一切都太过直白，他无须深入了解，便一目了然。

圣诞之夜的前夕，沈君宝和同事开始紧密张罗小品节目，我也被拉扯进其中，除了出谋划策，编写剧本，还得亲自上场，做

压轴"嘉宾"。手忙脚乱地排练几天之后，圣诞节就到了。白天，沈君宝和同事一起布置晚会会场，忙活一天下来，还真算弄得像模像样。

到了晚上6点，晚会正式开场。前面的节目，我压根没怎么留意，到我们表演的时候，一个个都造型各异地上了场，逗得大家一片哄笑。表演快要结束的时候，我拿着扫帚"飞"上了场，然而地面太滑，我就像一个外星来客一下子撞进门口边的桌子底下。

四周夸张的笑声淹没了我。我本就是个丑角，出场就是为了博人一笑，所以我一点儿也不在意。但我却被撞得有些头晕，好在沈君宝察觉出异样，上来扶起我，问："没事吧？"

我起身，说："没事。"然后，扬起头时不经意看见了你，确切地说，是一个长得很像你的少年。我怔了片刻，拉了拉沈君宝的手，问她："你有没有觉得他很像林嘉诺？"

沈君宝说："其实，刚来公司我就发现了，但是没跟你说。"我又想说些什么，可她一句话堵住了我的嘴："像有什么用？再像，他也不是。"我的心又落了下来，沉默着跟着她坐到原来的位置，直到晚会结束。

从会场出来，沈君宝和同事参加聚餐，我一个人回到家，百无聊赖下登录了QQ。

没过多久，"嗨，你的益达"跳出来："这么巧，我也刚上线。"于是，我和他闲聊起来。我讲完圣诞晚会的事，他笑了笑，没有过多评价。许久，他发过来这样一个问句："我可以用视频看看你吗？"我心一惊，那时的我，根本没有和陌生人视频聊天的勇气，但我很诚实："我很丑，你可能不喜欢……"

他说:"美如何?丑又如何?我只是好奇能写出那样伤感文字的你,到底是一个怎样的姑娘。"

我开始长久地沉默,见我没任何回音,他没有再逼我。

半晌,他发来一行文字:"我没别的意思,如果今天不可以,那么下次吧,一定要让我看看你。"我看了那行文字许久,回了他一个字:"好。"心里却有点抵触。

夜越来越深,临近12点,门外响起脚步声,沈君宝回来了。她瞧我还没睡觉,扔给我一个苹果,说:"这么晚还不睡,不怕黑眼圈啊?"她顿了一下,继续说:"你不会在想那个像林嘉诺的男生吧?他叫杨维安。"

我白了她一眼,一本正经道:"没有。我在想,我是不是该找个人谈场恋爱,感受一下爱情的味道。"

"你疯啦?"沈君宝诧异。

我径自说下去:"找一个成熟点儿的,懂我心思的,聪明的人……"不知怎么,我突然想到了"嗨,你的益达"。

"聪明的人都是骗子!"沈君宝斩钉截铁地说。

我扭头看她:"怎么说?"

"我前男友聪明吧?他就是个骗子。"沈君宝说。

我摇头:"你不能以偏概全,这样毫无根据。"

"这你就不懂了吧,聪明人可能有好的,但万一你碰到的那个就不好呢?愚蠢的人通常只能骗自己,而聪明的人才有本事骗别人。要我说,你应该找个傻的,比较安全——要知道,这世上可没有谁能为你的爱情买保险。"

"你才找傻的呢!"我推了她一把。

她大笑，拉着我的手使劲儿摇："我不找，你也别找，我们单着就最好！"

9. 谢谢你，给我上了这么重要的一课

元旦放假时，我和沈君宝去了一趟北京，起因是她对我说："我想看天安门广场的升旗仪式。"就是为了这场升旗仪式，我们不得不凌晨三四点就从宾馆里爬起，还走了好远的路。

谁料到，那时人就已经左三层右三层地围了起来，我们身高有限，为了不留遗憾，我抱起她说："好好给我看！"

等升旗仪式结束，我已经冻得快变成了木头人。

太阳出来，气温渐暖一些的时候，我们随着旅游大巴去了长城、十三陵。其中印象最深的，就是在长城的石阶拐角处，我和沈君宝看到很多人在上面刻了字，于是她指着"某某到此一游"问我："都说不到长城非好汉，我们这算什么？"

我笑道："我们算女汉子。"说完，不约而同大笑起来。

从北京回来后，已临近新年，街道、商场都挂上了喜庆的装饰品，大家嚷嚷着"辞旧迎新"。

我想：我是不是也该在心中和你彻底告别，迎接崭新的开始？但所有的告别都无须刻意，一切理应顺其自然。

假期过去，我回到工作岗位，闲暇时，还会上网写些文章。

一天,"嗨,你的益达"跳了出来,他说:"等你很久了,还记得上回的约定吗?"我讶然,事实上,我压根没把什么约定放在心里,不过他这么一说,我倒是想起来的确有这么一回事儿。

我这人一向说话算话,纵使不情愿,仍旧鼓起勇气开了视频。我看见了"嗨,你的益达",同时也看见了我自己。那时,我忽然感叹:镜头下的人物,果然都是骗人的。因为,我发现在镜头里,自己竟好看了许多。

"你真漂亮。"他说。

在任何称赞面前,人可能都无法辨别对方是真心还是虚伪。我喜欢这几个字,连他说话的语调似乎都喜欢,可能因为从没有人这样对我说过。

那天,我们就这样看着彼此,聊了很久,仿佛多年的老友。他说的话,都无比贴合我的心思,好感不知不觉油然而生。

临近12点,他困意顿生,准备下线——在那之前,他和我聊到了你。他说:"记得我以前说过你不快乐吗?其实,我知道你不快乐的根源,你喜欢他,但他可能不喜欢你。"

我的心顿时紧张起来,语气近乎恳求:"能不能别说这个?"

他很识趣,笑了笑,接着说:"有什么呢?他不该是你唯一的快乐之源,也可以是你自己,或是别人,或是我。"

我看着他,忽然间沉默。随后他下了线,我还怔愣在思索中。

"快乐"这个词太过诱惑,让我沉醉不已。

那天夜里,我一个人对着电脑无数次想到他,无数次想到你——他的善解人意,你的冷漠疏离;他的温柔体贴,你的冰冷拒绝。你掏走了我心里的快乐,留下一片空虚,我太需要另一份温暖，将它弥补。

我摇了摇混沌的脑袋，将困意驱逐，随后澎湃激昂地写下千余字——《致亲爱的益达先生》。次日清早，它成了我最勇敢的告白。

那天是愚人节，我就这么稀里糊涂地和从未见过的人走到了一起。也许是太过兴奋，我没有愚弄任何人，但后来我才知道，我做了一件最大的蠢事，就是愚弄了自己。

他来济南找我，那是我们第一次见面。

我略微腼腆地叫出他的名字："汪洋。"他看着我，一直微笑，似乎不知说什么才好，原来，他比我想象中要内敛。这时候，我发挥出自己滔滔不绝的技能，终于打破尴尬，迎来好的开场。

和他在济南的几天里，我们白天去中山公园，去海军博物馆，晚上就去影院、KTV。我还记得在影院里，我们看的是经典老片子《泰坦尼克号》。

那是我第一次看电影，在幽暗的空间里，他小心翼翼地拉起我的手，我忽然感受到从他掌心传来的快乐。然而，当我看着电影里的男女主人公坠海的那一刹那，心蓦地收紧，眼眶微微泛红。

恋爱的日子是快乐的，我沉浸在这份快乐中，渐渐忘记了你。沈君宝对我不满："你这是典型的见色忘友！"

我反击道："你何尝不是如此？"她被噎得无话可说，跑到一边生闷气。我转身收拾东西，准备动身去青岛。

我从没想过，自己有一天除了你之外，还会因为别人而奔赴这座城。但自从我选择汪洋开始，就代表他势必要掺入你我的回忆——他和我的相识也算因你而起，这是上帝安排的一场戏。

青岛还是青岛，它不会因为谁离开了谁，而改变自身的模样。

我原以为放下了你，投入别人的怀抱，就可以永无止休地快乐。可惜，青岛是一座热烈而冷漠的城，它总在让我尝尽快乐，酣然迷醉之时，泼下冷水，让我冷到窒息。

几个月后，当我再次站在青岛的土地上，听见汪洋对我说："对不起，前不久我已经和别人结婚了，我们在一起的时间太晚了。"

我笑着敲打他的肩："少跟我开这种玩笑。"他看着我，忽然沉默了。在他的沉默中，我终于冷静下来："你说的是真的？"

他的瞳孔骤然缩紧，随即大笑："假的，我说什么你都信！"

可女人的直觉永远都是准的，在我面无表情的目光探索下，他终于败下阵来："是真的。其实一开始，我就想跟你坦白，原本只是想和你做朋友，没想到你会主动跟我告白……"

眼泪簌簌落下，多余的解释已经没有办法入耳，我忽然间感觉天旋地转，眼前的一切是那样的模糊。我想起沈君宝说的那句话：聪明的人都是骗子！我没有想过，自己有一天会落到这步田地——温柔乡竟成了陷阱，自己成了自投罗网的蠢驴。

我愤懑，悲痛，但还是将扬起的手缓缓降了下去。

或许，该打的那个人是我自己，是我没搞清楚状况，主动咬下了带毒的苹果，一如在超市里买了过期的商品——是该怪店家没定期清理，还是怪自己没看清它上面的保质期？

我号啕大哭，可人声鼎沸的车站哪里容得下我肆意的伤悲，我流下的眼泪，都瞬时风干。汪洋站在一个离我不远也不近的距离，燃着一支烟，满脸憔悴。

不知过了多久，我哭干了眼泪，只在大声喊叫。

他上来扶我，我冷冷甩开，嗤笑："你以前说，女孩子都是被骗大的，就是这么骗的？"

他紧张地看着我，默不作声。

许久，我起身，准备离开，但还是不忘告诉他："如果真是这样，那我要谢谢你，给我上了这么重要的一课。"

10. 命运安排下的再次相遇

原以为，我和汪洋会就此别过，从此再无干系，可已经付出身心的我，根本没有办法将这份爱情彻底割舍。看着心爱的人伏在自己的肩头哭得像个小孩，终究还是心软，选择了退却，在矛盾重重之中，等待着那遥不可及的承诺。

时光流逝的速度远超过任何人的想象，眨眼一瞬，便几度春秋。公司把我从济南调去了北京，没过多久，沈君宝也离开了济南，她说想去深圳打拼。很难想象，我们就此分道扬镳了。

如果说这几年里，我选择为爱情奋不顾身，那么她的遭遇，便可称得上是飞蛾扑火。

很多人觉得，上过一次当的人，不会再犯同样的错误。其实不然，尤其是爱情，它没有章法，纵是仙人也无路可循，何况我们仅是茫茫人海中最不起眼的凡人。

在北京的 3 年时光，我懂得了人情世故，学会了收敛锋芒，与人融合。春节假期，我回家了。当天下午，成浩给我打来电话，约我出去买年货。

搞定年货后，他说："要不一起吃个饭？"

我大笑："把你的年货上饭店炖了？"他跟着笑了。

于是，他招来一辆出租车。回去的路上，他说："要不这样，我晚上回去约约林嘉诺，约好了，咱们几个出来吃个饭，说起来，咱们三个好多年没见了……"

我心里"咯噔"一下，你的名字，好久没出现在我的耳朵里了，那一刻，我形容不出自己的感觉。我好像"嗯"了一声，又好像什么也没说，直到下车，直到晚上进入梦乡，我都不敢确定成浩说的那个人就是你。

腊月廿八那天，我接到成浩的电话，他在家里修吊灯，叫我过去。我闲来无事，收拾好便出了门。

令我没想到的是，在他家里，我见到了你。开门的那刹那，你我对视数秒，终是你先开了口："小佳，你来了……"

而我却怔怔地反问一句："你怎么在这儿？"

你没有作声，成浩接过话茬："我叫来的呗，你们俩都去屋里坐着，等我忙完，咱就出去吃饭！"

我和你进了屋，坐在唯一可坐的沙发上。阳光透过窗户打在我们身上，暖洋洋的，不一会儿，便让人滋生困意。

我偷偷打量着你，有种说不出来的感觉，熟悉之中透露着陌生，毕竟5年未见，谁都不是当初那个少年、少女了。

成浩修好吊灯后，我们一起打车去了市里。下车后，我们便直奔烤肉城。过马路时，一辆轿车从我身侧呼啸而过。霎时间，你拉起我的手："小佳，你的手还是跟以前一样，胖乎乎的。"说着，便径自牵着我走过马路。我怔怔地望着你，恍惚间，好似一下回到了 5 年前，你一如现在一般，紧紧拉着我的手，大步向前。

吃完饭，你提出建议："不如找家歌厅去唱歌好了。小佳，我记得小时候你最爱唱《曹操》，唱得特别好听。"

你不说，我都已经忘记了。初中的时候，我特别迷恋林俊杰，学遍了他唱的每一首歌，最喜欢的便是《曹操》，没想到，多年后你还能记得。

我们去了歌厅。你用点歌机给我点了一首《曹操》，我有点紧张，但随着旋律，还是拿起话筒开始唱起来。

你鼓掌很用力，一个人胜过十个人的欢呼："小佳，你还是唱得那么好听。"说完，你便出去给我们拿果盘。

唱完我坐在沙发上，静静地看着屏幕，好像想起很多往事。你唱完一首歌，走过来把话筒给我，随后坐在了我的身侧："小佳，这些年，我很想你……"

我一怔，随即说："我也是。"然而，随之而起的音乐声，轻而易举地将我的声音彻底淹没。

11. 回不去，走不出，不用忘

我做了一个梦，梦中的你从遥远的地方朝我走来，在没有声响的世界里，你齐刷刷的小白牙晃得那么耀眼。我看着你，不知不觉就笑了，然而在醒来的时候，我发现泪水浸透了枕巾。

一夜过去，崭新的一天又到来了。

吃完早饭，贴好春联，我开始坐在床上发呆。没过一会儿，手机"叮"的一声，你发来的短信跳入我的眼帘。

"出来走走吗？我想买点糖。"你说。我愣了愣，不敢相信这是你发来的，但仍回了句："好。"

我们见到彼此的时候，发现都还是昨日的穿着，只是不知道是否能延续昨晚在歌厅里唱歌时的温情。

我陪你去超市买糖，你仔细地挑着，我去一旁准备买一箱奶。你选好糖，走过来："你奶奶爱喝特仑苏？"

"不是给她买的，我想去看看你姥姥。"

你一听，伸手拿过我手中的牛奶，就要放回原来的位置："看她用不着买什么，干吗那么客气。"

我一把夺了回来："谁说是客气，这是心意。"

"真的，你人去了就行了，没必要……"说着，又想伸手上来抢，拉拉扯扯许久，你终于妥协："小佳，你脾气怎么比我还倔，我以前就这样。"

"那现在呢？"我问。

你笑了笑："现在不了。"

来到你家的时候，你爸爸妈妈正在忙着做午饭，看见我进来，迎上前："这不小时候那个胖丫头吗，长大了，漂亮了！快，进屋里坐，进屋里坐。"

我进了屋，坐在炕沿边，环视一周，这屋子还是几年前的老样子。

你端来花生瓜子，放到我身边。随后，我和你默默坐着看电视，看到午饭还没做好，你拉着我出去放鞭炮。

站在路边，我捂住耳朵，还是清晰地听到了噼里啪啦的声响。放完鞭炮，你大笑着跑过来："小佳，你还记得小时候我放鞭炮把房顶点着的事儿吗？"

"记得，记得……"我回答。那个时候发生的事，只不过距离现在真的太久远了。

回屋吃完饭，我给你和家人拍了几张照片，姥姥看着照片直乐，没一会儿，就趴在热炕上睡着了。你关了电视，对我说："我们出去转转吧。"

我起身和叔叔阿姨道别。你带我来到喷泉广场。

你说："小佳，其实回来之后，我常常在这边走。我想，这么走会不会就遇到你，只可惜，一次也没有遇到过。这次见到你，我心里特别高兴，但又十分害怕，我以为你对我只剩下厌恶了……"

"我从来没有厌恶过你。曾经的我那么喜欢你，无论如何，也厌恶不起来。"

"你喜欢我？"你满脸诧异。

看到你这个样子，我"呵呵"一笑，说："看来小七没和你说过。"

你沉默许久，缓缓说道："他没有和我说过……"

我抢过话茬："他告诉我，你交女朋友了，从那之后，我就没有再打扰你。"

"我知道。"你说。

我笑了笑，实在不想再继续："咱们不说这个了好吗？说说别

三、再见，记忆里的追风少年 ☆

的事,说说小七、说说二哥,还有四哥和杨琳琳……"

"你一下问了这么多,叫我怎么回答呢。小七现在在威海,当年和老八分开,又交了个女朋友叫点点,不过后来也分开了。二哥毕业后就回内蒙古了,四哥和杨琳琳也早分手了,他们在一起没几个月……"

"变化真的好大。当初,我是看着四哥和杨琳琳走到一起的,呵呵,真有意思,参与我们过去的这些人好像都散了……"我的内心无比感慨。

听我说完,你开始沉默,或许,你和我有了一样的感叹。半晌,我迟疑着开口问:"能和我说说你的女朋友吗?"

你抬头看了我一眼,又低下头去,踢开眼前的一颗碎石:"我和婷婷早就分开了。那个时候,是我先追她的,费了好大的劲儿,她才和我交往。

"我们俩说来也奇怪,每次不在一起,通电话的时候都会吵得不可开交,但我去找她,所有的气瞬间就全消了,有意思吧?对她,我几乎是付出了全部的真心……"

我笑着,静静听你把话说完。之后,忍不住问道:"既然如此深爱,为什么最后还会分开?分开后,为什么不努力将她挽回?"

"我试过了,可她却铁了心不会再回来了。"你的眼眸里写满了失落,"和她分开之后,我再也没有爱上过谁,好像就卡在这儿了,明知道我和她已经回不去了,但又走不出这段感情。不过,好在不用刻意去忘记,因为,这是我一个人的事。"

听你说完,我忽然想起了汪洋,其实,我对他的感情又何尝不是如此。

起风了，我觉得周身有些凉，浅蓝色的呢子大衣终究抵不住这寒风。我搓了搓双手，对你说："天色有些晚了，我得回家了。"你点头说："嗯，回去吧。"

我转身往回走，走着走着，你的声音从身后传来："小佳……"

我站定，扭过身去："还有事？"

"嗯……不过，我想以后再跟你说。"

12. 可惜世上没有如果

回到家后，我倒在床上就睡了。

随后的几天里，我乖乖待在家里没有外出。到了初七，你给我打来电话："小佳，我要去青岛上班了，你来送我好吗？"

坐在通往车站的公交车上，我和你有一搭没一搭地聊着。随着聊天的展开，我回想起很多往事，可突然间，你一阵沉默，再开口却是极其认真的语气："小佳，其实5年前的我，也喜欢你。"

我的心"咯噔"一下，仿佛从高处坠落。我简直不敢相信，于是便问："那你为什么……"

"我知道你想问什么，就是因为当时感觉自己喜欢你，但同时又在心里认定你是和我从小长大的妹妹，所以内心一直很纠结。我不敢承认，是因为我怕——我怕我说了，你会从此不理我，于是我选择了冷落你，躲避你……"

你的解释，让积压在我心底 5 年的结终于解开，一瞬间，我彻底释怀了。

"原来是这个原因，谢谢你今天告诉我这些。"我笑笑，心里万分愉悦。

"不，小佳，你听我说完，这些年，我心里其实一直有你。除夕那天，你说你当时也喜欢我，你知道我有多开心吗？回家之后，我想了很多，我觉得要想和你在一起，就要勇敢地在一起，不管别人怎么说，因为，我不想让自己后悔。"

听你说完这些话，我心底的愉悦化作了满目愁云，十几秒后，我终于决定把汪洋的故事讲给你听。

我细细地说着，生怕遗漏一个细节，你静静地听着，眉头愈加紧锁。当我几乎红着眼讲完所有的故事，你的手轻轻覆了上来，紧抓住我的手，说："小佳，听完你的故事，我真的好后悔。"

我拭干了眼泪，说："没有必要后悔，这就是命，你我没有遗憾。"

"我想留在你身边，以男朋友的身份照顾你。"你强势宣告。

我摇摇头："5 年了，我已经不是当初那个天真的小女孩，敢义无反顾地投入一段感情，敢叫嚣天，叫嚣地，对任何人的反对都不屑一顾了……我现在没有心去爱一个人了……你明白吗？"

"我不明白！为什么不可以？"你的语调开始有了强烈的起伏。

"因为我无法抹去和别人的六七年时光，这样的我，没有办法，更没有资格再去爱谁！"

也许我的语气有些冲，你一时间沉默了。接着，我便软了下来:"如果你还当我是你妹妹,就别再问了。"

你低下头去,满眼伤悲,却再也没有发声。直到下车,我送你到了车站门口,你拉着行李箱推门进去,再也没有回头。

回去的路上,我坐在公交车司机后面的座位,因为我怕车上的人看到我落下的眼泪。我拿出手机,塞着耳机听歌,莫名的伤感层层向外翻涌。

其实,刚才我多么想说:"如果回到5年前,当时的我们没那么倔强,就像普通的少年、少女那样,互诉了彼此的心事,那么一切可能就不一样了——也许你不会遇见婷婷,我也不会爱上汪洋,我们就不会这么轻易地挥洒最真挚的感情,把它交付于他人。"

但是,我忍住了,28岁的我不会再幼稚地跟别人说这些假设性的问题。

爱,没有错,只可惜这世上没有如果。

13. 你永远是我记忆里的追风少年

回家后,窝在沙发里,我的心还在止不住地难过。我觉得上帝就像一个顽皮的孩子,他把我当成了好玩的玩具,随意玩弄,却没发现原来玩具也会流泪。

说来可笑,这个世上有很多遇见都会成为一次好的开始,唯有你我的相遇,从一开始,就是为了错过。

在独自一人待着的静谧时光里，我恍然发现，你和我的宿命都被刻画在那5年的时光之轮里了。

当初，你上大学要离开济南，记得那天你穿着一身黑衣服，来到我家跟我告别。

我神情木讷，不敢相信你会离开，所以当你转身的那一刻，我傻傻地坐在床上，连一句告别的话都没说。

那时的我以为，你我再也不会相见。

可即将大学毕业的我，在联系上你之后，为了见你，奔赴青岛。你穿着黑色的风衣，穿越人海来到我面前，牵着我的手，一路向前。在海边时，风呼啦啦卷起你的衣角，阳光下，你的小白牙那么晃眼。

可是一场误会，又让我们就此分别。

然而，在5年后，你重新站到我的面前，告诉我当初的爱情并不是我一个人的独角戏，我已心满意足。

谢谢你，来过我最美好的青春里。我会永远记得20岁的自己，曾经喜欢过那样一个爽朗、天真，带有一丝稚气的少年。

现在的我，已经明白：最好的爱，并非得到，而是让它永远存在当初的美好时光里。原谅我想要留住这份美好的记忆，而留住它最好的方式，就是告别。

是的，我也要离开了，去追寻我的梦想。

我不知道，会不会有下一个5年，我唯一能确定的是，你永远是我记忆里的追风少年。

★青春成长箴言

年少的我们孤勇、脆弱,为了喜欢的人,可以奋不顾身,怀着对爱情的美好期许,迎接第一次爱情的到来。

然而,品尝到爱情的滋味才知道,原来每一份甜蜜中都包含着苦涩。

也许,我们的爱情是历经坎坷后,才等来花好月圆;或者是还未开花结果,便已凋零;又或者,它终将化作自己一个人的秘密。但是最遗憾的,莫过于两个人陷入爱情的时差——你爱我时,我不爱你;我爱你时,你已离开。

正所谓造化弄人,如果你曾有这样的经历,不要懊悔,因为一开始就注定了你们不是彼此对的人!

四、你为她停止流浪

都说浪子无心，一生花草丛中过，从不停止奔走流浪。白壹，我以为放在你身上也是如此，若真是这样，我愿原谅当初选择离别的你；可如今，你为她停歇，终止流浪，怎能不让我悲伤。

1. 你第一个女朋友叫韩小璐

那一年，你18岁，读高二；我比你小一岁，读高一。我们的关系是校友、朋友，另外还有一个特殊一点儿的身份，那便是邻居。是的，我们是邻居，因为你奶奶家就在我家隔壁，而你长期住在你奶奶家，也正因如此，我们才这么熟稔。

那时，你是学校里出了名的追风少年，个性热情洋溢，学习出类拔萃，体育样样在行——这么优秀的你，有很多男生羡慕，也有很多女生喜欢，就连其他年级的任课老师在教育自己班的学生时，都不忘提一提你的名字：你理所当然地成了所有人眼中的好榜样。

那时，所有同学都爱跟你套近乎，把你形容得堪称完美，就连我也以为你是完美的。只可惜，世上根本没有完美的人，随着时光的流逝，在我们一同成长的岁月中，我发现你的第一个缺点就那么致命——花心。事实上，你也曾专心爱过一个人。

你的第一个女朋友叫韩小璐，跟我是同级同班，说到底，你还是因为我认识她的。

那时她刚从别的学校转来不久，娇滴滴的样子引起了班里同学的注意，尤其是男生，一到下课就喜欢围着她打转。

这也没什么，可到后来，在上课期间，那些无聊的男生竟从四面八方开始给她传起纸条。作为她的同桌，我也很是苦恼。

放学之后，我在回家的路上总是跟你抱怨，说班里来了个女妖精。每一次你都会笑一笑，说我纯粹是嫉妒人家。

我原本以为你毫不在意，所以才肆无忌惮地在你面前畅所欲言，可这样的抱怨多了，终是引起了你的好奇。

当我再一次提到班里哪些男生又传纸条给她时，你侧过脸来笑着对我说："哦？你每天都跟我说她，还真是让我很好奇，哪天一定要亲自瞧瞧去。"

我一直当你说了一句玩笑话，可后来有一天你真的来我们班。你朝我的位置张望，喊我的名字，可视线却停留在韩小璐的身上。那是你第一次来班里找我，却不是为了我，这让我感觉有些难过。

你在年级颇有名气，所以当你出现在门口的那一刻，就引起了同学们的注意。当我起身朝你走过去时，听见有人发出惊叹："那个就是高二（3）班的白壹吗？长得好帅！"

我走到门口，抬眼看着你问："有事吗？"

你朝我抿嘴一笑，忽然俯身到我的耳边说了一句："你说的那个韩小璐，长得还真挺漂亮。"听到你这么说，我真想朝你崭新的耐克鞋上踩一脚，可没等我实施想法，你已经转身跑掉了。

我气鼓鼓地用鼻子猛出了一口气，转身回到自己的座位上，没想到屁股刚挨上板凳，就遭到了班里女生的围堵。

这下可好，韩小璐用女色"祸国殃民"，而你贪图美色的一次露脸，同样把我们班搅成了一锅粥。

韩小璐继续享受着班里男生的情书轰炸，而我也不例外，在班里所有女同学都以为我跟你交情匪浅的时候，我被迫成了她们的信差，每天堆在我桌子上的情书就像一座小山。

我头痛欲裂,这时韩小璐却总是不忘看着自己面前的信山调侃我:"苏菲,你说咱们的信,谁的比较多?"每当她这么说,我总是会没好气地白她一眼。

当我把那些信带给你的时候,你看都不看一眼,但总会问一句:"有韩小璐的吗?"我刚开始都会回答:"没有。"

后来,我就开始习惯性地摇头,结果你满脸失落,像是自恋却更像自嘲似的说:"真有意思,这个韩小璐居然不喜欢我。"

其实,我也觉得奇怪。那天你走后,韩小璐也向我打听过你,可当我把你所有的好说给她听之后,她也不过是抿嘴一笑,再也没有问过你什么。

2. 身心疼痛,让我刻骨铭心

当一个人对你越不在意时,偏偏能激起你的兴趣。韩小璐这种漠视你的行为,让你觉得很不满,但更多的是难受。

终于有一天,当我再次拿着一摞信在你面前摇头的时候,你愤恨地说:"既然她不写给我,我就写给她吧,你记得帮我带给她。"

说完这话的第二天清晨,你就真的塞了一封信给我。

我知道那是你第一次给女孩子写信,那一刻,我深深嫉妒韩小璐——她何德何能,居然能收到你亲笔写的情书。

到了班里,我把你的信递给韩小璐,她没有表现出一丝的兴奋、惊讶，反倒像早已料到似的说："我以为他会更早写给我的。"她不疾不徐地拆开信来看，嘴角露出浅浅的微笑。我偷瞄了几眼，却一无所获。

到了晚上，我照旧在校园门前等你，然后一起回家，却没想到过了很久，你都没有出现。由于我早早就站在了校门前，所以我断定你一定还没走。我思虑再三，返身进校园去你的班里找你，结果你的班里早已空无一人。

我转身刚想走，不经意从教室的一扇窗中看见你和韩小璐面对面站在教学楼后。我想小心翼翼地一点一点走过去，想听你们在聊些什么。只看到你们时而仰头大笑，时而低头静默。

怔愣数秒，我刚想隔着窗户喊你的名字，却看到你上前一步抱住韩小璐。你的动作有些笨拙——我以为一向自诩清高的韩小璐会把你推开，但是她没有，虽然她也很意外。

然后，我清楚地看到她慢慢抬起手，环抱住了你的腰。

那时，校园外墙的夕阳未落，橘黄色的光洒在你们身上，画面是那么美。可那么美的画面却让我全身疼痛，我捂着肚子弯下身，不多久，我的额头就浸满了汗。

我多么想大声喊叫，可是我不能，我怎么能在你享受美好的时刻，那么煞风景地去惊扰你。在疼痛感渐小一些的时候，我才慢慢直起身，然后蜗牛一般挪回到家里。

到家之后，妈妈正要责备我的晚归时，我已经虚脱倒地。

那一晚，妈妈打车将我送去医院，不知过了多久，一阵剧烈的疼痛将我唤醒，当听到医生说"急性阑尾炎，必须立刻手术"的时候，我吓得再次昏厥过去。

再次醒来，我已经躺在了病床上，我知道，已经动完手术了。

屋子里的钟表滴滴答答地响着，时针已指向凌晨一点。

妈妈站在窗口一侧，正给家里人打电话报平安。不知怎的，我忽然间泪流满面，妈妈以为我是因为疼痛掉眼泪，于是赶忙坐到床边握着我的手，不停地跟我说："没事了，宝贝，都过去了……"

可妈妈越说，我的眼泪就越肆意流淌——她不知道，身体的疼痛，我根本不惧，我只是承受不住内心的悲伤。

昨天，你和韩小璐在一起，而我却进了医院，身心的疼痛，让我刻骨铭心。

原本，我还有好多话想跟你说，可自从你和韩小璐在一起后，你自然而然地就忽略了我——我们不是同班同学，只能在上下学的时间有所交流，可就是这么一丁点儿的时间也被韩小璐给剥夺了。

你大方地告诉我，你以后不能再陪我上下学了，因为上学时你要去接韩小璐，放学后你又要送她回家。于是，我们就这样渐渐地疏远了。那天之后，无论上学、下学，我开始一个人踽踽独行。

在孤单落寞的日子里，时间过得很快，我们迎来了期末考。

你说父母都在北京工作，寒假要去北京，所以在放假的那天，韩小璐拉着我去你的班级找你，她站在班级后门小声地喊你的名字。你扭过头，看到了我们，于是偷偷从后门溜了出来。

你当着我的面拉着韩小璐的手，她吧嗒吧嗒直掉眼泪。

你拍着她的肩膀，安慰她说："哭什么呀，别哭了，我去北京就待几天而已，很快就会回来。"

我就这样看着你们，然后一个人默默走开，把刚才想对你说的话咽进了肚子里。

四、你为她停止流浪 ☆

3. 时间真快，我们都在悄悄改变

回来之后，你又带着韩小璐一起报名参加冬令营，虽然你也邀请了我，但我却只能拒绝你。

等你们回来之后，我听跟你们一同参加冬令营的其他同学说，曾偷看到你们躲在大树后，嘴唇和嘴唇都快贴到一起了。

学校规定，每学期开学前，各年级的学生都要进行为期两周的军训。在军训期间，韩小璐总是趁着方队休息时间，拉着我一起跑到操场西侧偷看你训练。

我比较安静，总是坐在校门口的大树下，目不转睛地看着你，而韩小璐却十分活跃，每当你休息时，她都不忘跑到你的方队里，有时送纸巾，有时送汽水，弄得周围的同学都对你羡慕不已，就连你们的教官都知道她是你的"好"朋友。

有韩小璐的陪伴，你在军训中表现得比平常还要优秀。

军训结束后，你自己拿了三四个优秀奖不说，还带领自己的班在最后的检阅中拿到了"模范班级"的奖状。你又让自己成为学校的焦点。

开学之后，你被体育老师钦点，加入校篮球队。

虽然你不太喜欢篮球，但韩小璐说你打篮球特别帅——为了她的一句话，你拼命练习，最后成了篮球队的主力军。后来在代表

学校参加市里的篮球比赛时，你一个人就连投进5个三分球。

比完赛之后，你时间变得充裕了，韩小璐经常翘最后一节的自习课去你班级门口看你。她偶尔会带着我，但更多的时候是让我替她把风，然后跟发现她翘课的老师编造各种她不在课堂的理由。

由于韩小璐在高三年级走廊的出场率实在太高，难免会引起其他高三学长的好奇。有一段日子，经常看到那几个学长将她堵在操场或楼道里，我有点担心，问起她，她只是摇摇头跟我说："你别问了，没什么事，就算有什么事，也不关你的事。"

听她这么一说，我有些生气，我只是关心一下而已。不过，她说得也对——她有什么事，又关我什么事？我担心的本来就不是她，而是你！

没过多久，又迎来了期末考试。

暑假里，你来找过我一次，或许是太长时间没好好和我说过话，你一下子不知道该说些什么，只是抬起手像以前一样摸了摸我额前的头发，忽然像发现了什么似的说："苏菲，你长高了！"

"有吗？我怀疑自己这几年都没有生长发育呢。"我随口说出的一句话，本是无心，却没想到令你脸颊通红。

半响，你才扫除尴尬，笑道："怎么可能呀！大家都会生长发育的，你看我，现在是不是胡须特明显？"

你这么一说，我才抬眼朝你仔细瞧去。你怕我看不出，不断低下头朝我靠近，那是我第一次离你那么近，紧张之余，我哪有什么心思再瞧你的胡须，只得应付道："真的，我看到了。"

这时你直起身，又说："是吧，时间真快啊，我们好像都在悄悄改变着。"我没有说话，只是静静地点了点头。

四、你为她停止流浪 ☆

之后，你和我便到一棵老槐树下坐下来，聊了整整一个下午。你说了些什么我都忘了，我只记得你笑声不断，还有夕阳下洒满金光的脸。

那天过后，你又动身去了北京。

我理解你，你常年不在父母身边，所以每个假期对你而言都很重要——能和父母在一起的日子，便是你感觉最幸福的时光。

4. 你让我怎么说，我只是不想你难过

你知道吗，在你去北京的日子里，我听说韩小璐跟一个高三的学长交往了，他们经常一起出去玩，那学长还很大方地送给她一部手机。我本来也不相信，可是当我在数学课上，看见她拿出手机摆弄时，才相信那些流言都是真的。

可在开学的时候，我在校门口看见你时忽然惊恐万分。我快走几步想把你带到一边去，但是你的目光已经紧紧锁定在韩小璐和她身边的学长身上。

你怒气冲冲地跑过去跟他们争执起来，那个学长显然没将你放在眼里，他斜睨了你一眼说："好狗别挡道，让开！"

"凭什么？韩小璐，你过来，我有话问你……"说着，你便走上前去抓韩小璐的手。见此，学长大怒，用力甩开了你的手，还顺手给了你两拳，你一下子坐到了地上。

那是你第一次打架，却连还手之力都没有。下一秒，学长已经牵着韩小璐的手离开了。

我赶忙跑到你面前，伸手去拉你："白壹，你没事吧？"

万没想到，我好心的关怀竟换来你的盛怒，你用力甩开我的手，恶狠狠道："苏菲，为什么我回来你没告诉我这些？我真没想到，你竟然跟她联合起来骗我！"说完，你漠然起身，扭头离去。

我站在原地，泪水模糊了双眼。你让我怎么说，我只是不想你难过。

从那之后，你很久没再出现，我也不敢再去奶奶家找你，直到课间休息时，我才能隔着两个操场，看见你的脸。

5. 你好，我叫邵美佳

我正想着如何跟你示好，是佯装随意地搭话，还是郑重其事地道歉，正思索得头疼之际，你竟然主动出现在我面前。

"苏菲，我来找你主要是想跟你道个歉，上次我是真气坏了，其实我知道你是好心的。"你说话的时候目不转睛地看着我，弄得我反而像做错事的小孩。你都这么说了，我怎么可能不原谅你？

我笑了笑，像往常一样，轻轻一拳砸在你胸口："哎呀，咱俩说什么道歉，你说是不是？"

随后，我们一同大笑，和好如初。那天，你的笑容让我以为这些日子你已经自我调适好了,其实你只是学会了伪装——韩小璐已经成了你不能触碰的隐痛。

周围的同学都没有觉察出你的改变,唯有我注意到你开始变得沉默寡言了。一个人在蛰伏期间的隐忍,是为了预备未来更强大的爆发。

果然,你在一段日子之后,开始丢掉好学生的称号,频繁翘课不说,还在校外结识了很多社会青年。

后来,果然不出我所料,你把夺走韩小璐的学长狠狠教训了一番。从此,校园里的人都称你为"大哥",再也没人敢来招惹你。

自从当了"大哥"后,你的桃花运变得更旺了。

青春期少女大概更喜欢有些坏坏的男生,以前你很重视感情,但现在却来者不拒,你甚至跟我说为了公平起见,每个女生和你在一起最多一星期。即便如此,还是有很多女生愿意写情书给你,只为了当你一个星期的女友。

其实,那段时间我也跃跃欲试,想跟你表白,但如果这样做了,你恐怕只会敲着我的脑袋跟我说一句"开什么玩笑"吧。

没过多久,韩小璐不知为何转学了。临走前,她居然跟我说:"你帮我跟白壹说一声对不起!"之后,她贴在我耳边再说一些话时,瞬间泪流满面。

韩小璐走后没多久,我们班又转来一个新同学——她叫邵美佳,长得人如其名,第一眼看见她的时候,就感觉她很阳光,会让人忍不住地喜爱。当老师把她安排到我旁边的座位时,她走过来在我身边坐下,跟我打招呼:"你好,我叫邵美佳。"

我微笑回应:"你好,我叫苏菲。"

6. 我喜欢你，想要跟你在一起

邵美佳，算是你实际意义上的第二任女友。

说实话，我根本没想过人生会这么戏剧化——从高一到高二，两个不同时段转来我们班的学生，都有缘成了我的同桌，更有缘的是，她们居然都跟你走到了一起。唯一不同的是，上次是你先招惹了韩小璐，而这次，是邵美佳招惹了你。

或许是你打篮球时太抢眼，邵美佳才会被你吸引。当她在课堂上滔滔不绝地跟我讲你的时候，我被她那副花痴的模样逗得前仰后合。她见我如此，总是嘟起嘴跟我生气："你笑什么呀？白壹是我转校过来第一个看上的男生，我一定要把他拿下！"

邵美佳说到做到，在跟我讨论了无数次你的踪迹和喜好之后，她终于展开了行动。然而她第一次去拦你，就没有选对时机——自行车棚下，你和某女同学正在搂搂抱抱，她气得怒火中烧，走过来拉开了你们，她那样子反倒像是在捉奸的正牌女友。

那一天，还没等她开口跟你告白，你就先瞪了她一眼，骂道："你谁呀？有病吧！"之后，你生气地拉着女同学走开了。

邵美佳伤心极了，蹲在原地哭了十几分钟，直到负责打扫卫生的同学催促她离开，她才红着眼睛起身走开。

你的恶劣态度，让邵美佳大受打击，可她并没有就此放弃追求你的想法。她和其他女生不同,她跟我说,她要的不只是你的一星期。

几天之后,邵美佳重振旗鼓,开始变着法地对你进行痴缠。为了能让你回头看她一眼,她甚至不顾同学的眼光站在操场中央大叫你的名字,可即便这样,你也没正眼瞧她一眼。

你的女朋友又换了两三个,邵美佳依旧不死心地跟着你,以"你到哪里我到哪里"的方式成了你的小尾巴。

你可以忍受一个人的无理取闹,但是却接受不了被人频频跟踪。于是,有一天,你对邵美佳说:"你想做什么?你说吧。"

邵美佳毫不犹豫地答道:"你问我想做什么?我告诉你:我喜欢你,想要跟你在一起。"

你毫不在意地嗤笑一声:"可以,一星期。"

邵美佳摇摇头,说:"我不要你的一星期,我想要正正经经跟你谈场恋爱,以毕业为限。"

你忽然饶有兴致地附在她耳边——由于你们站在 20 米开外,我根本听不见你们说了什么,只能看见邵美佳愣了一会儿,然后也踮起脚尖附在你的耳边。

那天过后,邵美佳再也没跟在你身后了,而你也很奇怪,身边再也没有所谓的女朋友了。

两周后的一个周末,班上有个女生约同学去她家玩,其中便有我。我不想让同学以为我在刻意疏远他们,只得动身前去。没想到刚到她家,就看见一堆人围在窗前,不知朝对面在看什么。见我进来,有个同学拉我一把:"快过来,你看白壹进邵美佳的家里了,啧啧,你们说,他们在干什么呀?"

"邵美佳那个样子，我一直看不惯……"

大家你一言我一语地说着，我没有搭话。从窗口看过去，对面五楼真的有一对男女立在窗前，那个男的太过熟悉，我确定是你。随后，我看见邵美佳抱住你，而你顺手拉上了窗帘。

7. 我不后悔，至少我爱过

周一上学，你和邵美佳一起进的校园。看样子，你是默认自己与她在一起的事实了——其实用不着你默认，因为周末你进邵美佳家里的事早已在学校传得沸沸扬扬。

对于你而言，这没什么；但是邵美佳却开始遭受同学异样的眼光，背地里大家说她什么的都有。邵美佳也偷偷流过眼泪，但后来却表现得更加开放，嘴里说的都是让我们会脸红的话。

你和邵美佳出乎预料地在一起整整一学期，邵美佳也算达成自己当初的愿望。但是你一放寒假就跟她提出分手——我以为她会哭，但她没有，只是很平静地点了点头。

寒假期间，邵美佳约我去她家里吃饭。说实话，认识她这么久，这还是我第一次去她家里。她妈妈很热情，在招呼我进屋后，就一直在厨房里忙着，给我们准备午饭。

我在客厅的沙发上坐着，邵美佳走过来递给我一本相册，我细细翻看起来。每一张照片都是她成长的印迹，翻到最后一页，是她和白壹的合影。她看着照片也怔愣了几秒，然后笑了，拍拍我的肩膀说："苏菲，其实只要你表白，说不定就可以跟白壹在一起了。"

她的话太直白，让我瞬时脸红。为缓解尴尬，我不得不问了句："那你呢？"

"下学期结束我就不想再念书了，我想去打工。"邵美佳朝我笑了笑说。

那天，我总感觉这会是我们的最后一次见面，所以在走出她家的那一刻，还是忍不住开口问了她："这学期同学们说的都是真的吗？"

"嗯……怎么说呢，半真半假。"邵美佳抬眼看我，"你早就想问了吧？如果你想知道，我都可以告诉你，因为你是班级里对我最好的朋友。"

我没说话，邵美佳径自讲了起来。原来，当初你们的耳语是你问她，她能给你什么，而她的回答是把自己的第一次给你，但你要用心跟她在一起直到毕业。

其实，一切就这么简单，却又那么不堪，让我不知该说些什么，只得岔开话题："其实你可以留下来的，这样你和白壹……"

"别提他了，当初我以为自己霸占他的人，就一定能唤起他对我的真心，可直到这学期结束，我才发现他根本没把我放在心上。"邵美佳说。

最后，我们站在她家门口准备分别时，她抱了抱我，我却问了她一个没有意义的问题："你后悔吗？"她摇了摇头，没等我再追问她为什么，她又说："我不后悔，至少我爱过。"

就因为她的这句话，我觉得她比韩小璐更值得你爱。回到家里，我很想找你谈谈，可到你奶奶家才知道你又去了北京。

你再回来时，已经开学。2月末的天气还颇有凉意，我站在方队中军训，无数次看见你从操场上路过，但，你并没有瞧见我。

为期两周的军训让我的皮肤变得十分干燥，军训中跟我相处甚好的陈洋洋扔了一管润肤霜给我，说："你是女孩子吗？哪有女孩子这么不爱惜自己的脸。你不知道吗，现在谈恋爱都看脸。"

我抿抿嘴唇，很寡淡地说："我不谈恋爱。"

陈洋洋被我弄得气急败坏，大声叫嚷："你不谈恋爱，你也不能不要脸！"声音之大，无所不及。

为了这一句话，我一上午瞪了她几百眼。

8. 反正又不是送情书给你，我有什么好在意

陈洋洋是大大咧咧的女孩子，在意识到自己的口误后，便拉着我的胳膊跟我道歉。在我的胳膊快被她摇断之前，我果断说了句："停！我不生气了。"

"真的吗？"陈洋洋瞪大眼，我赶忙点点头。从那之后，她与我走得越来越近，算是我高中时代交下的最后一个朋友。

开学后的第三周，我终于在走廊过道里与你不经意地相逢，你伸长胳膊拦住我的去路，问我："苏菲，好久不见了啊，都不知道来找我。"我撇撇嘴："你这是说什么话，明明是你从来不注意

我好吗？我可是天天都看到你呢。"

你挠挠脑袋，怀抱着篮球，略表歉意地说："我不是那个意思，就是好长时间没见你了，这段日子又为了市里的篮球赛忙得不可开交，要不今晚请你吃顿饭，补偿一下你吧……"说着，你跟往常一般又要上来摸我的头发，这一次，我却不着痕迹地躲开了。

你的手有些尴尬地僵在半空中，随后收回去放在怀抱的篮球上，抿抿嘴唇，佯装不在意地说："那我先走啦，有事的话记得上楼来找我。"说完，你就抱着篮球跑上了楼。

我朝你跑过的楼梯怔忡了一会儿，随后也回了自己的班级。

白壹，我喜欢你！有好多次，远远看着你，我的心都在呐喊，但真正见到你时，我却没有勇气告诉你。你前有韩小璐，后有邵美佳，我想最后是不是该轮到我了——如果我像邵美佳一样拿出勇气，是不是也能够跟你在一起？但这个问题，我也只是想想而已。

几天后，你去参加市里的篮球比赛，不出意料地拿到了冠军。在校园广播站的表彰下，我们这些学弟学妹都知道高三（3）班有个学长叫白壹。我不得不承认，无论到哪里，你总能成为大家的焦点。

当班里很多女生议论着是否要给你写情书的时候，陈洋洋很不屑一顾，只是拉着我去操场闲逛。她的这一举动倒是让我很好奇，我问她："怎么，你不喜欢白壹？"

"白壹有什么好喜欢的，就知道耍酷罢了，真不知道咱班女生什么眼光。"陈洋洋撇撇嘴说道。

我是第一次听见有人这么评价你，很意外，但是也很高兴。我想，身边终于有一个朋友不喜欢你了。我偷偷笑着，陈洋洋却猛地拉我一把，指着对面走过来的一个男生说："苏菲，看到没？我喜欢的是那个，他叫陈艺轩，高三（5）班的，怎么样？帅不帅？"

我随着她指的方向看过去，一个面容刚毅，线条分明的男生映入我的眼。和你相比，这个叫陈艺轩的男生算不上帅，顶多算酷，但各人有各人的喜好，于是我点点头跟陈洋洋说："蛮帅的。"

"苏菲，咱们是好朋友吧？"陈洋洋忽然一本正经地拉起我的手。

我点了点头："是。"

"那你帮我送情书给他好吗？我本来想自己送的，可我太紧张了，我一见到他，舌头就跟打了结似的，什么话都说不出来。"

她哀求了我好久，最后没有办法，我只得点头说好。反正她又不是送情书给你，我有什么好在意的。

9. 喜欢陈艺轩的不是我

那天之后，我成了陈洋洋专属的送信员。

其实，第一次站到高三（5）班门口喊陈艺轩的时候，我的心脏都快蹦出来了，但陈艺轩不在，我只好匆匆塞给他们班的另一个同学，然后拔腿就跑。

后来我去的次数多了，他们班的同学一见到我就会自动朝屋内大喊："陈艺轩，有人找。"

陈艺轩出来的时候，我总是低着头不敢看他，但他似乎并不讨厌我，他会轻轻接过我手中的信，同时也会说："下次不要再送了，我有女朋友。"

说的次数多了，我听了也会腻。

有一天，我也不知哪里来的勇气，竟然敢抬起头看着他说："我朋友真的很喜欢你。"

我刚说完，陈艺轩接过信的手就抖了一下，然后他好气又好笑地说："那麻烦告诉你的那个朋友，我并不喜欢她，如果她非要喜欢我的话，那么请默默地喜欢就好，不要再来打扰我的生活。"

话都说到这份儿上了，即便不是我喜欢他，也顿觉难堪。

我灰溜溜地下了楼，回到教室把陈艺轩说的话转告给陈洋洋，并表态：自己绝不再踏上三楼帮她送情书。

陈洋洋没有作声，可第二天她忽然又哀求我："苏菲，最后一次，真的，最后一次，我保证！"

看她在我面前摇晃了无数次食指，我叹口气，只好接过她写好的信："好，说好了，最后一次！"

时隔一天，我又去了三楼，陈艺轩再次看到我时，脸上很是吃惊，大概他想的是："怎么会有脸皮这么厚的女生？"但我想跟他说："脸皮厚的可不是我。"

我们四目相对数秒后，我拿出信硬塞进他的手里，强调道："这是最后一封。"说完，就迅速跑了。

万没想到，就是这最后一封信给我招来了大祸。

我刚为自己以后不用再当信差而舒了一口气，和陈洋洋从操场边走边聊要回教室的时候，就被一帮男生给拦了下来。

"就是你吧，那个天天给陈艺轩送信的？"为首的一个男生打量着我，又看了看陈洋洋，但视线最后还是停在我身上。

他说的没有错，我只能点点头，说："是我，有什么事吗？"

"陈艺轩跟没跟你说过，别再写信给他了，你还要不要脸？"为首的男生恶狠狠地说道。这时，他身后的另外一个男生蹿上前来："还跟她啰唆什么……"他话音没落，我就挨了他一巴掌，没等我反应过来，为首的男生也扬起了手。

陈洋洋不知何时松开我的手，自己躲到了一边。

这个时候，我只能任凭自己簌簌落泪，也无法开口——即便开口了，又能怎么说？难道说真正喜欢陈艺轩的不是我，而是陈洋洋，我只不过是帮忙送信而已。

"你们干什么呢？"不知何时，你出现在我的身边，身后还跟着一帮篮球队友。

你们的出现，显然让面前那帮人一愣。你不等那些人说什么，已经一拳挥上去，刚才打我的那个男生顿时一趔趄，差点倒在地上。

很快，两拨人就打了起来，操场中顿时乱作一团，围观的同学也越来越多。

最后，还是你们胜利了，虽然身上也挂了彩，但对方似乎更严重，在掉头逃跑时还不忘放狠话："我认得你，你给我等着。"

你什么也没说，只是着急地回头看着泪眼蒙眬的我："苏菲，你没事吧？"

此时此刻，我只是一遍又一遍地重复着："白壹，喜欢陈艺轩的不是我，真的不是我……"

10. 喜欢，我妹妹当然喜欢

没过多久，被你打的那个男生约你在校外单挑。

我一听说打架的事，赶忙就跑了过去，在密匝的围观人群中找到你，拉着你的胳膊说："算了吧，别打了。"可你只是把我推到身后说："苏菲，你到后面去，有事等会儿再说。"说罢，你们就动起手来了。我不知被谁一把推倒在地，不争气地又红了眼睛。

好在你打赢了，你威风凛凛地指着对方的鼻头叫骂："我看谁再敢找事儿，我不管什么孙艺轩、王艺轩的，叫他给我老实点儿，别动我妹子！"

说完，你扭过头拉着我去一家饮品店坐下。一杯冷饮下肚，你火气降下不少，随后，你便抬头问我："你说吧，那个孙艺轩怎么回事儿？"

我轻啜着冷饮，半天才开口，把自己帮陈洋洋送情书的事一五一十地告诉了你。

你拍桌大骂："那个陈洋洋算什么东西？朋友？是朋友，那帮人打你时，她干吗去了？躲到一边也算是朋友？何况你是在帮她！"

我叹了口气说："算了吧，在那种情况下，谁也不想挨打。"

"不想挨打却让你挨打，这是什么道理？这个打，她说什么也得挨。"你说完，付了钱，转身走出饮品店。

我以为你不过是撒气，却没想到你真的去教训了陈洋洋。

第二天，陈洋洋请假没来上课。第三天，她再出现的时候再也没来找我，就这样，我们一点一点地生疏了。

其实不光是她，自从你帮我出了这口恶气之后，别人都知道我是你的妹妹，谁也不敢再来招惹我。这对我而言算不上坏事，但也算不上是好事——在学校里，我没朋友了。

不过，我和你的距离却拉近了，近得连你身边现任女友都会吃醋——我的出现，时不时就会引起你们争吵，后来你索性跟她分手，并对我说："苏菲，咱俩的感情，谁也比不上。"

尽管没了女友，但你跟其他女同学还是很暧昧，你们勾肩搭背，却总是哥们儿相称，偏偏对我，你有些拘谨。在你的照料下，我的高二下学期过得并不寂寞，反而成了这些年我最快乐的时光。

高考后，你被北京的一所体校录取。你和同学吃散伙饭的那天，硬是拉着我一同前去，饭桌上围了一大堆人，大都是男生。

我坐在你身边，连动筷子都不好意思。你看出我的紧张，便自己动筷子把好吃的菜夹进我碗里，随后跟你的同学举杯畅饮。

酒醉之际，有些不知趣的男生竟然调侃起我们的关系。

"白壹，你就承认吧，你喜欢你旁边的小丫头？"

你笑着说："说什么呢，哈哈，喜欢，我当然喜欢我妹妹。"

紧接着，就有人站起来指着你说："你小子装吧你。来，接着喝……"

折腾了半宿，大家一个个都成了醉鬼。结完账，一行人出去时酒醒了不少，但你还是醉得不轻，几个人把你塞给我，顺便说："妹子，白壹就交给你啦，听说你们两家挨着。"

117

我点点头,之后大家就各自散去了。

那天,我没有带你回家。你醉得太厉害,我实在拖不动你,此时已是凌晨一两点,等了好久路上也没看到出租车,无奈之下,我只好带你到马路对面的一家旅馆。

我付好房钱,老板帮我把你扶进屋里,刚把你放到床上,你又挣扎着爬起来去卫生间吐了一通,回来时倒在床上再没起来。折腾到现在,我也自觉累得不行,去卫生间抹了把脸,倒在床边睡着了。

11. 你为她停止流浪

次日清早,我睁开蒙眬的双眼,你随后也微微睁眼。你看着我,轻轻出声:"苏菲?"

我没有回应你,却趁你没有彻底清醒的时候,撑起身朝你扑了过去,然后我的牙齿就磕上你的嘴唇,这下你猛然惊起。

站在床脚,你不解地看着我:"你这是干吗?"

这个举动我预谋已久,我勇敢地迎上你的目光,佯装无所谓地说道:"没什么,就是想让你记住我。"

你怔了一会儿,用拇指摸了摸唇角,然后伸手到我面前:"喏,苏菲,我会记住你的。"我本无意去看,可余光还是扫见了你拇指上的血渍,扬头一看,你的嘴角在出血。

一刹那间，我感觉窘迫极了，道歉也不是，不道歉也不是。你看见我的窘态，笑着说："苏菲，你大半夜拖我进旅店过夜，你说，你是不是喜欢我？"

我一时情急，忙说："胡说八道什么，你那么沉，我拖不动你，也打不到车，只好把你送进旅馆，没把你扔路边算不错了。"

你没在意我的解释，倒是凑过来抱住我："要不考虑考虑，当我女朋友吧……"

这句话我等了那么久，没想到是在这种时候。但这句话不知道你对其他女孩子说了多少遍，想到这，我一把推开你，说道："白壹，别开玩笑了行吗，这么戏弄我有意思吗？"

你看出我真生气了，说道："没意思。"之后，一个人先走了。

马上8月底了，你动身去了北京，没有跟我告别。

说实话，我并不难过，我总是在想：如果那天我答应下来，又会怎样？

一年的时间，说长不长，说短不短，我终于熬过了高中时代。

当报考志愿书放在我面前时，我以为自己会毫不犹豫地报考北京的院校，因为追随你早已成了一种习惯。事实上，我犹豫了，最终放弃了去北京，选择邻近省城的一所大学。

大学四年，你我再无联系。可我怎么也没想到，再次得到你的消息居然是你刚办了一场婚礼。昔日同学在空间里转载你的结婚照，我不经意间看到，然后愣了许久。

新娘很漂亮，和你很般配。

以前我就想过，以后你的新娘会是什么样子？但后来又觉得你如此浪荡不羁，怎会早早将自己推进婚姻的围城？

现在看来,你已经为别人停止了流浪,可这个人不是韩小璐,不是邵美佳,更不是暗恋你多年的我。

看着电脑屏幕,悲伤如潮水般涌进心里。

我发了疯地点开校友群,从那里找到你现在的手机号码,没有迟疑,我拿起电话拨了过去。电话铃声响了三声,你在电话那端"喂"了一声,我咽下几口唾沫,终于开口:"白壹……"

你有些激动:"苏菲,是你吗?"

你问这句话时,我真想流泪,但还是憋了回去:"是我。白壹,刚听说你结婚了,所以给你打个电话,想说声恭喜。"

"谢谢。"你说了这一句,忽然静默了。之后问我:"你现在还好吗?"

我以为我们即便不联系,也不会感觉陌生。可是我错了,当你说出这句话时,我才惊觉自己已错失你5年的时光,我多想说:"我不好,因为你结婚了,所以我不好,一点都不好。"

但那样,多像一个耍无赖的小孩子,于是我只能说:"嗯,还可以。"说完,电话里又是长久的沉默。

这样的沉默让我顿觉难过,终于再也按捺不住,又问道:"白壹,我喜欢你那么久,你一点儿都没有喜欢过我吗?"

还没等你回答,电话那端传来一阵温柔的女声:"白壹,过来吃饭了……"

那一刻,我手抖得想立刻挂掉电话,下一秒电话里传来你的声音:"嗯,喜欢过,整整一个高中。"你话音刚落,我就将电话挂断了。之后,泪水沿着脸颊绵延不休。

你到底还是喜欢过我,可却比不喜欢更让我难过。

原本打这通电话是想将当年韩小璐的一句"对不起"转达给你。其实，她也深深爱过你——那一天，她伏在我耳边告诉我，学长在她一个人值日的时候，将她堵在教室里强吻了她，那时起，她便再无颜面对你。

白壹，不要怪我当时没有告诉你，因为这样的话实在令我难以启齿。现在，你过得那么好，所以这件事没必要再告诉你，不管是韩小璐，还是我，都希望你能过得好。

从此之后，过去就是过去，我们都不会再去打扰你。

★青春成长箴言

很多女孩身边都有这样一位优秀少年，他俊朗帅气，才华横溢，仿佛一道耀眼的阳光。他可以是同学、朋友、哥哥，却唯独不能成为恋人。

漫长的时光里，我在心里小心翼翼地爱着，以为终有一天对方能够发现，幻想着某一天站在他身边的那个人会变成自己。

可这样一份默默的爱，反而让我渐渐失去自信和勇气，当有一天对方真的向我表达爱意时，自己反而缩进防备的壳。无奈，彼此就这样错过了。

但请相信：一切都是最好的安排！

也许，这就是我们必须要经历的成长。因此，我希望每个女孩子不要因为这份失去而变得沮丧，反而要从中汲取积极的能量，让自己沉淀下来，未来，还有更多的美好等着你！

五、红玫瑰的眼泪，说不出的伤悲

"楚楚，你看过张爱玲写的《红玫瑰与白玫瑰》吗？"

醉意未醒的我，摇了摇头。他又接着说："其实我也没看过，不过那里面有一句话说得很好：也许每一个男子全都有过这样的两个女人，至少两个。一个红玫瑰，一个白玫瑰……"

1. 到不了的白色天堂

醒过来的时候，周遭的一切都是雪白的，我以为自己已经到达白色天堂。

脑袋尚未清醒，便发觉身边有人隐隐啜泣，不久，声音渐大。浓烈的消毒水味儿刺激着我的鼻腔，我终于看清坐在我旁边的那个人——是我最好的朋友：苏默默。

她紧紧攥着我的手，力道愈发地重，我忍不住轻哼出声。她像感应到什么似的立马抬起头，眼泪也随之流下："楚楚，你终于醒了，终于醒了……"

她一直重复着这句话，好像如果我再不醒来就会永远醒不来似的。

我忽然间就想到四个字：与世长辞。只可惜，这一次好像失败了。

我缓了一会儿，想开口回应她一下，可张着嘴，却怎么都发不出声来。我想抬起手，为她擦擦眼泪，却发现自己的手像被什么牵扯着。微微转头，发现细长的塑料管从高处吊了下来，连接在我的手背——原来我在打点滴。

这时，我才回想起自己晕倒前发生的一切，感觉身体瞬间被抽空了一般。

苏默默大叫："你别动！老实给我待着！"说着，她按住我的肩膀，制止我做出任何动作。

我使不上一点儿力气，只好安静地躺在床上。

过了一会儿，苏默默又开始吧嗒吧嗒掉眼泪，她说："林楚楚，你怎么这么傻，这么傻……"今天也不知怎么的，她好像说什么都会一再重复。

我知道，自己这次真的吓到她了。可是我怎样才能告诉她，我真的不是故意的？

我看着她，什么话都说不出，什么动作也做不了，只有心里漫过一种不可名状的悲伤。

我在心里呐喊：默默，不要再哭了，我答应你以后好好爱惜自己，再也不会做这样的傻事了，再也不会……

她好像听到了我的心里话，慢慢地停止了哭泣。半晌，她的目光一直盯着我的脸，我注意到，她始终紧握着拳头，长长的指甲都快嵌进肉里去了。

她起身走到门口，想要出去，顿了几秒，又缓缓折了回来。长吁了一口气，她坐了下来，说："楚楚，你听我说……"然后慢慢伏到我的耳边，说了些什么，可是她蚊虫一般的声音，让我没有听真切。

我刚想发出一个单字音节表示疑问，却没想到她再次大哭。我微微轻弯了嘴角，她是知道了什么吗？

我感觉自己的眼圈也微微湿润了。苏默默，对不起，是我该死，居然让你这个从不落泪的美人为我哭得昏天黑地。

2. 你干吗对我那么好

在我的印象里，苏默默一直都是坚强的女孩。在大学里，她是老师眼里根正苗红、品德优良的优等生，我是桀骜不驯、恶名昭彰的小太妹——通告栏上，左侧是她被学校表彰的证书，右侧是我被记大过的通告。

那是我俩唯一可以并列在一起的位置，尽管意义大不相同。

我一直瞧不起苏默默那样的人，可能是嫉妒，也可能是骨子里的自卑。我经常给她找麻烦，从不配合她的各项工作。对此，她都只是一笑了之。她说："林楚楚，你是一个好人，我知道。"

听到她这么说时，我愣了，然后就笑了。

我是个好人？我自己都不知道，你怎么就知道了？看她说得那么自信的样子，我别过脸，轻哼了一声，表示并不在意她的话，可心底却十分喜悦。

该死！林楚楚，你怎么可以这么容易就感动了呢？真没出息！我在心里暗骂自己。过一会儿，我转过身看着坐在第一排的苏默默，说："哎，那谁，你过来下！"

苏默默回过头，水汪汪的眼睛看向我，下一秒用右手指着她自己的鼻头问："你是叫我吗？"

那模样傻里傻气的，我没忍住"扑哧"一下就笑了，点了点头，说："嗯呐。"然后，她就特开心地跑了过来。

头一次，我答应她的请求，是在校运动会前。当时我特爽快地说："不就是运动会3000米，这点小事儿我包了。"

本来，全班都打算放弃这个项目，最后是我把它担了下来。我是唯一参加这个项目的女生，说到这点，我还真有点自豪，好像自己真为班级做出什么大贡献似的。

可运动会来临的那天，我躺在宿舍的床上翻来覆去地转身，肚子疼痛难忍，额角微微出了虚汗。辅导员派几个女生进来找我，可看到我这般模样，话语间满是奚落。

林倩倩看着我说："都快开始比赛了，你却这个样子，要是自己没那个金刚钻，何必揽这个瓷器活儿……"

其他人也跟着直叹气，应和着说："就是啊！你看看，你看看，现在这该怎么办……"

一个个都是厌恶的嘴脸，我实在没心情搭理她们，干脆眼都不抬。疼痛一点点把我侵袭，我有点儿想哭了。苏默默不知什么时候也进了屋里，这时，她打断她们的话。

"够了，你们别这样说她，她这么难受也不是自己乐意的。"苏默默说完，走到我的床边，问我，"你没事吧？是不是来例假了？"我当时真是感动得快要落下泪来，冲她点了点头。

她连忙说："哎呀，你等着……"然后就跑了出去。

屋里的几个女生面面相觑，又看了看我，冲苏默默跑出去的方向喊了句："班长，那我们走了，林楚楚可就交给你了。"话音刚落，几个人就都走了出去。

苏默默回来时，左手拿着两大包安尔乐，右手端着刚泡好的红糖水，全部放到我的床边。她用毛巾替我擦了擦额角的汗，说："你自己待着没事吧？"

我都快呜咽出声了，可我不想让她看到我这副模样，于是微微点了点头。她看着我说："那就好。"之后，又风风火火跑了出去。

屋里一下子又安静了下来，我起身喝了几口红糖水，之后躺下了。我把温热的杯子一直攥在手里，感觉疼痛少了些。躺在床上，我渐渐昏睡过去。

运动会结束后，寝室的同学陆陆续续回来了，屋里的声响把我从睡梦中吵醒。我刚微微睁眼，就听齐薇说："楚楚，苏默默晕倒了。"我惊得从床上坐了起来："怎么会……"

齐薇告诉我："苏默默替你跑了那3000米，你是没看到，她跑完之后就瘫倒在了终点，身子软得像一摊泥。"

听完她的话，我穿着拖鞋就跑到了学校的医务室。在那里，我一眼就看到躺在床上的苏默默，她脸上的潮红还未褪去，呼吸深深浅浅，好像才缓过来的样子。

见我来了，她想坐起来，可又仿佛没那个力气，于是笑了笑，说："真遗憾，没能取得名次。"

本来我是想看看她，说声谢谢的，可是看到她这个样子，莫名地，我就生起气来。我说："你傻啊！谁让你去跑了？你说，谁让你去跑了？"吼完，我就跑开了。

苏默默一定以为我是这么想的：她替我跑3000米，抢了我的风头，害我成了同学眼里言而无信的人。于是她用尽力气冲我的背影喊道："林楚楚，我不是那个意思，不是你想的那样！"

她不知道，我明白她的用意，我怎么会那么想呢？可是，苏默默，你为什么要对我这么好？从来没人对我这么好……我只是一个小太妹，是所有人眼里的坏孩子啊！

3. 你怎么还把你哥叫来了

从那天以后，我开始真正关注苏默默，就凭她那么仗义地为我跑了那 3000 米，身体不舒服居然不吵不闹，还一滴眼泪都没掉，我就打从心眼儿里佩服她。从医务室跑出去的那一刻，我就告诉自己：以后绝不为难苏默默，她说一是一，说二是二。

运动会算是告一段落，大二下半年，我们金融专业的学生彻底进入了紧张的学习状态。

苏默默每天继续循规蹈矩的学习生涯，奔波在辅导员办公室和图书馆之间。我的生活也恢复了常态，每天逃课、上网、泡吧，偶尔还会和系里看得不爽的人打上一场架。

我是在那次打架事件之后和苏默默真正好起来的，同时，也因为这件事让我遇见了他——苏海洋。

那时，我就想，我是何其幸运，能够在短短数日内收获一份真友谊，一份纯爱情。那段日子里的我，像采完蜜的小蜜蜂，每日都高兴地在空中飞舞。

人尽皆知，苏默默是个才女，可同时，她也是个颇有姿色的美女，追她的人自然不在少数。尽管她从不理会这些事，可是仍有一个不知趣的男生对她死缠烂打，一脸不达目的不罢休的样子。

可是，谁也没想到，苏默默对他的不理睬，让他起了报复之心。

那天，在人烟稀少的昏暗的胡同里，几个不良少年顶着花花绿绿的头发堵住独自回校的苏默默，而我只是恰巧路过，看到了这一幕。即便面对这样的情形，苏默默还是一脸的沉着冷静，不过，可能她自己都没发觉，颤抖的手指已经显露了她的慌张。

"你们想干什么？"我走上前去，"你们敢动她一根手指试试！"

"呦，我当是谁呢，这不咱们大学出了名的小太妹林楚楚吗？"沈裴安一眼就认出了我，可他丝毫不畏惧我，"你不最讨厌这种高傲自大的乖乖女了吗？怎么，还想管这闲事？"

的确，我从不掺和别人的事，也一直把"事不关己，高高挂起"这句话挂在嘴边。可是苏默默的事，我不能不管——因为从运动会那天起，我就认定，以后她的事就是我的事。

在没得商量的情况下，我们很快就动起手来。好在我身经百战，对付几个小混混还算绰绰有余，可是带着苏默默，我确实有点力不从心。很快，我就开始处于弱势，被人推倒在墙角。

恍惚间，有人拿了一块板砖狠狠拍在我的头顶，瞬间我便感觉天旋地转，倒地前我还听见苏默默在大喊："救命啊……"

我瘫倒在地，心里却想：这小妞儿真傻，这么一喊，弄得跟凶杀案似的——不过是场小小的斗殴罢了，不至于。

可我睁开眼以后，发现自己躺在医院的床上，脑袋被包得像个皮球。苏默默在旁边一直守着我，看我醒了，她马上激动地说："你醒了，你醒了……感觉怎么样？还疼不疼？"

五、红玫瑰的眼泪，说不出的伤悲 ☆

还没等我说话,旁边又有人开口了:"姑娘,你没事吧?"

我看了看苏默默,又看看了刚刚说话的那个男人。半晌,我才缓缓开口:"你是谁?"

"他叫苏海洋,是咱们的救命恩人,你的手术费和医药费都是他垫上的。"苏默默抢先做了解释,苏海洋冲我笑笑,点了点头。我好像明白了,于是开口对他说:"谢谢,钱我会还你的。"

下一秒,我就侧过脸对苏默默说:"不至于吧,苏默默,你怎么还把你哥叫来了。"说完,苏默默的脸就红了,旁边的苏海洋也尴尬不已。

"你误会了,我不认识他,他不是我哥。"苏默默连忙解释,"我们只是凑巧同姓罢了……"

天知道,我是故意那样说的,为的不过是希望苏海洋多看我几眼。果然,我的话达到了预期效果——苏海洋投掷过来的目光,仿佛能洞察我的这点儿小心思。我在心里偷偷地笑了。

苏海洋,苏海洋,名字还真是好听。

4. 命中注定的爱

脑袋上的纱布跟我告别的时候,我还有点恋恋不舍。

想起住院的这几天,苏默默和苏海洋轮流来看我,每次来苏默默都不忘带一堆零食,而苏海洋都不忘带一大包水果。

苏默默说，回忆事发当天，我"英雄救美"的模样深深地把她震撼到了，所以为了报答我，她决定以身相许了。

这下子，我受到惊吓了。我说："苏默默，你别吓我，我养不起你，况且追你的人那么多，我可不想三天两头跑医院，咱们也没那么幸运，每次都能遇见一个'苏海洋'。"

说这话时，苏海洋就在旁边，他知道我是故意说给他听的，于是笑了笑，还说了一句特暧昧的话："只要你需要，我就会在的。"

我的心猛地"咚"了一声，然后装作若无其事的样子跟他说："得了吧。你说，你天天这么殷勤地来看我，是不是怕我跑了，没人还你钱？"

苏海洋抿了抿嘴，一副可怜样："原来你是这么想的……"那失望的语气让苏默默都忍不住开口替他说话："楚楚，我看他不是怕没人还他钱，他是怕你跟别人跑啦。"

这句话让我哑口无言，连苏默默都能看出来的事就不必再隐藏了——我喜欢苏海洋，苏海洋也喜欢我，我们一见钟情，两情相悦。爱情，有时来得就是那么迅速。

出院以后，我才细细盘问苏默默那天打架时我晕倒后的情况，因为关于苏海洋的事，我一点儿也不想错过。

苏默默说，我倒在地上以后，那帮人就迅速跑了，她抱着我一直喊我的名字，可我却没有苏醒的迹象。她想打120，偏巧手机没有电了。无奈之下，她只好去大街上拦车叫人，苏海洋就是这样被她给拦截下来的。

我嘻嘻地笑了，夸赞她："做得好，做得好。"

苏默默白了我一眼，说："我还不知道你那点小心思，这场架

五、红玫瑰的眼泪，说不出的伤悲 ☆

没白打，虽然脑袋缝了 3 针，但是收获了一个男朋友呀。更好的是，医药费的钱也不用还了。"

我打断她的话："要还的，要还的，我不能在钱上亏欠人家。"

苏默默看了看我，恢复一本正经的模样，说："其实我也这样觉得。楚楚你要想好了，苏海洋和你走不长的，他都 28 岁了，你还是个未经世事的黄毛丫头呢。"

我一个眼神扫射过去，她立刻封了嘴。我说："什么未经世事，什么黄毛丫头呀！我今年 21 岁，早就成年了！"

她不再说话，我知道她是替我担心，因为我告诉她，苏海洋是我的初恋。虽然我不学无术，是个十足的不良少女，可是在感情上，我还是空如白纸。

我明白她的担心，却无法说破，因为爱情这种事一旦开始，就让人着了魔。我没告诉她，看到苏海洋的第一眼，我便将他的模样刻入脑海，那一刻我忽然就想到一个成语——命中注定。

也许，我和苏海洋真是命中注定的缘分。人海茫茫，于他，于我，只一眼，便无法割舍。

5. 滚回去做你的好孩子

和苏海洋在一起后，我们每天都是快乐的。

苏海洋年纪轻轻就事业有成，他告诉我，他在一家电子公司做销售经理，所以当他开着新型宝马车接我放学时，我一点儿也不惊讶。在别人艳羡的目光中，我总是拉着苏默默的手得意扬扬地坐进他的宝马车。

坐在车里，苏默默对我说："楚楚，你要低调一点儿，外面闲言碎语太多了。"

我知道苏默默说的闲言碎语是什么。谁也料想不到，因为一场架，全系成绩第一的好孩子会跟我这样的小太妹成为朋友，更不可思议的是，我们还"勾搭"上了一个年轻有为的事业青年——外面都传说，我们这"一黑一白"的姐妹花被"宝马男"包养了。

我说："苏默默，你别管他们，那些人是羡慕，是嫉妒，我太了解这种人的心理了。"因为，我曾经也是那样的人。

听了我的话，苏默默便不作声了。

我们继续过着逍遥的生活，不在乎任何人异样的眼光与评价。我向来都是这样，总觉得自己过想要的生活没有什么不对，可是我忽略了苏默默，她跟我天差地别——她是受人关注的好孩子。

忘了是哪天，我在教室正兴冲冲地给苏海洋打电话商量，怎样给我办生日宴的事，辅导员走了进来，喊我的名字。

站在辅导员办公室里，我还是那副老样子——站在窗边，目光遥遥地看着窗外，没有正视她一眼。

这一次，辅导员倒是不气也不恼，只是有些语重心长地对我说："你和苏默默的事我大概也都清楚，你平日那么招摇，外面传言很多，你可以不在意，可是你有没有考虑到苏默默，你不能带坏了她。你知不知道，如果她表现得好，以后很可能会留校任教……"

后面她说了什么，我都没有再听。

和你在一起才拥有全世界

站在原地,我面无表情,可心里却忽然悲伤起来。

我必须承认,苏默默是和我不一样的女孩,我可以言行举止肆无忌惮,可她不行。外面谣言满天飞,其实只要有关于她的一丁点儿不好,都能让她这些年努力打造的好形象化作泡影。

我从办公室出来,苏默默就一个劲儿地追问我发生了什么,我笑笑,无所谓地告诉她:"还不是那点儿破事,翻来覆去,覆去翻来的,叫我少惹是生非,要不然就记过!反正这大学我本就没想上,要不是我爸为了那点愧疚心补偿我,非找关系、花钱让我进来,我早就不想在这座城市了!"

"你别这么想,有多少人想上大学还上不了呢!不过,还好你没什么事!"说着,她拍了拍胸脯,舒了一口气,然后拉着我一起去了食堂。

忽然间,我发现不知从什么时候开始,苏默默也不顾及别人看她的眼光了,和我在一起愈发地自然。

我心里有说不出的感动,可想起辅导员的话,我就退缩了。真的,我不能只想着自己快乐,而毁了这么一个好姑娘。

慢慢地,我开始很少去找苏默默,空闲时一般都是她来找我。她也察觉出我对她的冷漠,一天她在校门口堵住我,郑重其事地问我:"林楚楚,你为什么躲着我?"

那时,我手里夹着一支烟,微微侧过脸去,佯装很自然的模样说:"哪有,你多心了。"苏默默笑了,有点自嘲:"我就知道我在你心里没位置,你压根儿没把我当作你的朋友,对吧?"

一句话,我便怒了。我扬扬手里的烟,吼她:"你看见没?这就是距离!你和我根本是两个世界的人,何必靠得那么近,跟你在一起，我压力很大，你知道吗？"

苏默默愣了，眼睛里有泪光在闪烁。她什么也没说，似乎是在用一种无声的语言跟我抗衡。

我不敢看她，只得侧着脸，做出一种孤傲的姿态。令我没想到的是，下一秒她夺过我手里的烟，狠狠吸了一口。我一愣，随即夺过她手中的烟："你干吗啊！"语气满是盛怒。

我眼睁睁地看着她被烟呛得猛咳起来，却还是毫无怜惜的样子，冷冷地对她说："滚回去做你的好学生，你没有变坏的本事！"说完，我就走了，头也没回。

6. 希望你永远快乐

回去之后，我给苏海洋打电话，还哭得稀里哗啦："我真的很在乎苏默默，真的……可是你知道吗，越是在乎，我越不敢靠近，我怕自己影响她的学业，影响她的好名声。"

电话那端的苏海洋叹了一口气，说："我都知道，可楚楚，你为什么不换另一种方式呢？这么决绝，她难过，你也心疼。"

我说："有时候，果断可以减少伤害，我始终这样觉得。"

苏海洋没有说话，好像已听懂我的意思。我一直觉得自己做得不错，从未违背过心中的信条，可后来我才发现，原来自己做得并不好。

生日宴那天，我和苏海洋在一起，并没有叫苏默默出来。

当苏海洋来学校接我，我挎着背包，穿着妖艳地走出大学校门时，总觉得苏默默在二楼走廊的某处窗口望着我。我们的友谊，好像真的已经如山崩般坍塌，再也恢复不到从前了。

KTV里，我唱了多少歌自己都记不清了。我从来都不知道，自己唱歌那么难听，唱着唱着，自己都受不了，可苏海洋却没有一点儿不高兴的样子，只是安静地坐在那里听着。

我唱够了，嗓子有点疼，扔了麦克，一屁股坐在沙发上，开始默默掉泪。苏海洋靠过来替我擦眼泪，顺便拿起麦克，点了一首《祝你生日快乐》唱给我听。最后，他说："楚楚，过生日，不可以掉眼泪。"

我说："海洋，可我现在并不快乐。"没有苏默默的日子，我不快乐；没有苏默默的生日，我不快乐。

苏海洋没有再说什么，我也就此安静了。音乐还在放着，震耳欲聋；霓虹灯还在闪着，五彩斑斓。然后，苏海洋不知不觉地靠近我，将我揽进怀里，侧过脸吻了我一下。

出了KTV，我们去了附近一家比较有名的情侣饭店，名曰"月儿弯"。我站在饭店前看了半天招牌，笑了，对苏海洋说："你看这饭店多有情调，多适合调情。"

说完，我就看他特没形象地笑了，拉着我的手说："那走吧，你这么一说，我觉得这饭店正合我意。"

进去后，我们坐在一个大包间，点了十多样菜。可空间这么大，人却这么少，显得有点冷清。看着满桌子的菜弄得跟满汉全席似的，我说："这能吃完吗？"苏海洋将筷子和纸巾递给我，说：

"吃不完看着也不错，为博美人一笑，浪费也值得。"

我瞅瞅他，没说话，开始狼吞虎咽起来，好像自己真有一个巨大的胃，能容下这餐桌上的所有食物。

吃饭途中，有人敲门后，捧着一大束鲜花径直走向我："请问，是林楚楚小姐吗？"

我霎时就愣了，点了点头，他把鲜花塞进我的怀里，说："祝你生日快乐，永远快乐！送你鲜花的苏海洋先生说，希望他的爱让你能永远快乐……"送完花，那个人就默默退场了。

苏海洋真没辜负饭店赋予的浪漫情调，我望着他，开心地掉下了几滴泪。我说："今天是怎么了，难过让我哭，高兴还是让我哭，我都不知道，自己的泪腺可以这么发达。苏海洋，你不要再拿惊喜轰炸我了，我哭不起了——你说，是不是等会儿还会有人拿着小提琴进来给我拉曲子呢？"

苏海洋脸上也不知是什么表情，先是笑着说："没有了，真的没有了……"说完，又懊悔似的拍了拍自己的脑袋说："哎呀，我怎么就没想到呢！"我扬扬手说："好啦，好啦，你以为是拍偶像剧么，各种情节都要安排到位？"

高兴到极致的时候，我要了几瓶啤酒，几杯喝下去就有点眩晕。我离开座位，蹦蹦跳跳坐到苏海洋的腿上，缩进他的怀里，然后高兴地大喊大叫："海洋，我们碰杯，碰杯……"

酒杯撞得叮叮当当，后来我们还绕着手臂喝了"交杯酒"，弄得像结婚似的，就差入洞房成为名副其实的夫妻了。

我继续喝着，根本没想过醉酒后会发生什么。那一晚，我醉得不省人事，苏海洋带我住进了一家比较豪华的酒店。我沉醉在这梦

五、红玫瑰的眼泪，说不出的伤悲 ☆

一般的美好里——我的生日,成了我的爱情纪念日。

隔日清早,我从宿醉中清醒过来。

看着周遭的景象,我终于忆起自己昨晚做了什么。虽然从没有想过自己会做这样的事,但是我一丁点儿也不难过。我把自己最珍贵的东西赠予心爱的男子,如此美好,我不后悔。

苏海洋醒过来时,看着我的眼神充满了愧疚与懊悔,然后狠狠揪着自己的头发,那力道好像真的要把头发从头皮上连根拔起。

我一脸平静地望着他,双手握住了他的手,再慢慢拿下来。

我说:"海洋,我不怪你,因为我爱你。"

他大概没料到我能如此平静,看了我半天,终于狠狠将我揽在怀里,说:"楚楚,你是个好姑娘,值得更多人疼惜。"

我笑了,说:"多少人的疼惜我都不要,我只要你。"说完,我眼神探视着他的双眸,希望能看到我想要的那种神色。只可惜,他不着痕迹地挪开了眼。我攥住他的手,又说:"你知道吗,你是第二个说我好的人。"

苏海洋想都没想,顺口就说:"我知道,苏默默是第一个。"

7. 没教养的孩子才这样

从那天开始,我有了甜蜜的心事,却无人能说。我多想把这件事告诉苏默默,可是我们关系已经异常冷漠,即便坐在同一间教室里，我一抬头就能看到她的背影，可是却好像隔着千山万水的距离。

苏默默又恢复了以前的状态，为学业努力，为整个系部忙里忙外，似乎都没有清闲的时候。很快，她又成了系部主任、辅导员以及各科老师眼里的好学生，同学眼中的好班长。

而我，自然还是典型的反面教材，只不过，略有收敛罢了。

我和苏海洋彻底进入热恋之中，和他分开一秒都让我十分想念，我再也没有心思顾及其他的事。

有时候，我看着那么优秀的苏海洋，心里总是会有一种隐隐的自卑感。或许，我真的不该再以坏女孩的样子与他相恋。我想：即便做不成好女孩，那么安稳下来也是好的。

苏海洋，苏默默，为什么你们都活得那么出色呢？

我下定决心要成为一个好女孩，可是再怎么努力也掩饰不住本性——冲动、凛冽，这是我特有的标签；遇到不开心的事，还是习惯用拳头去解决。所以，那天听见那些女生议论纷纷时，我根本没思考就冲了上去。

事后，几个女生捂着刮花的脸在老师办公室嘤嘤哭泣，老师把喷火的目光投向我。我也挂了彩，可却从不示弱，也不会用廉价的眼泪去博取谁的同情。所以，我一点也不意外，通知家长，通报批评，这一切我通通接受。

然而令我没想到的是，平日从不在意我的父亲，竟勃然大怒。他说："以后遇到这种破事少来找我！自己没脸没皮，不知上进，还要家长来替你受这窝囊气！"

只这么一句，辅导员的脸就青青白白的，我也怔住了。

和你在一起才拥有全世界

随后，我说："我没请你来，门在那儿，你想走就走。"

然后，在我和辅导员以及其他人紧盯着的目光中，我这位从未真正管过我的父亲，怒气冲冲地跨着大步迅速离开了，走前狠狠摔了一下门，像是撒出了所有的怨气。

该处理的也都处理了，我从办公室出来，那几个被我打得惨烈的女生一脸得意，好像占了什么大便宜。我一个眼神杀过去，嘴里像发射炮弹一般，蹦出一个字："滚！"

那些女生悻悻散去，不知是谁自以为很小声地说："别跟她一般见识，没教养的孩子才这样。"

我顿时在心里一阵嘶吼："你才没教养！你们全家都没教养！"然后，我站在走廊里，特没出息地就哭了。

这样的话，我骂不出口，可即便骂在心里，我也是那么没有底气。因为，我的确就是她们说的那个样子，是个没人管的坏女孩。

第二天，关于我的事就在校园里传遍了，我又成了响当当的人物。好几个版本传入我的耳朵，令我哑然失笑，女生的大嘴巴果然不容小觑。

苏默默也听到了风声，趁着晚自习的工夫，她凑了过来。

刚开始她没有说话，一直静默地看着我，好像在等我开口先向她解释，可我又能解释什么呢？最后，她还是忍不住地开口问："她们说的都是真的吗？"

我没回答，可她又问了第二遍。我怒了，跟她吼。

"苏默默，你能不能少管闲事？我是单亲家庭的孩子怎么了？我打架又怎么了？关你什么事呢？你可不可以不要那么烦！"说完，我猛地一拳砸在桌子上，之后甩身而去。

8. 做不做好学生无所谓

我这样的坏脾气，苏默默早已司空见惯。所以，当她在上课后递纸条给我时，我一点儿也没有感觉奇怪，她是唯一一个面对我的坏脾气能够忍让，还十分有耐心的人。

我犹豫了一会儿，还是打开了纸条，看到那上面的字，我瞬间就湿了眼眶。

"楚楚，你的事，就是我的事。从你救我的那天开始，我就认定你是我唯一的朋友，不管别人说你是好还是坏，在我眼里，你一直是个好姑娘。"

多么好听的话，多么动人的语言。她说，唯一；她说，朋友；她说，我一直是个好姑娘。

我接着往下看，却只剩下一个疑问句。

"你还记得静安所吗？"

一句话，足以勾起我的回忆。静安所是我一直不敢提及的噩梦，我的母亲就在那个荒凉的地方走完了人生的最后一程。没有人惦念着她，也没有人回来看她，那时，陪在她身边的只有我。

其实，原本一切都不是这个样子的。曾经我有一个幸福美满的家，有视我如珍宝的父母，可是一场突如其来的噩梦将这些全部带走了。

15岁那年，父母商议后拿出全部资产进行了一场大投资，可没想到，一场金融风暴让所有钱都化为泡沫。因为这件事，父亲一夜苍老，脸上再也没有神采奕奕的表情，而母亲自此患了轻度抑郁症，并愈发严重起来。

有句话说，夫妻本是同林鸟，大难临头各自飞。父亲一纸讼书，以母亲不能履行义务为由离了婚。之后，母亲就被送到了静安所，直到病逝。

静安所不是正常人待的地方，那里的人或多或少都有些精神问题，可是他们又没有钱住昂贵的精神病院，所以只好寄居在那里。

那时，为了照顾母亲，我时常去那里帮忙，做些杂活，偶尔跟一些叔叔阿姨还有小朋友说说话，替他们解解闷。我是那里唯一的义工，也正因如此，我的性格才显得暴躁、偏执，甚至有些阴郁。

苏默默听后连连叹息，她用尽力气抱着我，鼻子一抽一抽地，眼泪就下来了，好像故事的主人公是她自己。

苏默默说我是好孩子，原来指的是这件事。

苏默默说："楚楚，你还有我，还有苏海洋，我们都会对你好。"

我点了点头，说："我知道的……"

那天，我们翘了课，约了苏海洋出来，三个人一起跑进一家大排档吃烧烤，喝啤酒，不亦乐乎。

我说："去他的流言蜚语，老娘不在乎！"苏默默扬起酒杯，一饮而尽，她的脸涨得通红，学着我的模样："去他的好学生，老娘就是要跟林楚楚当朋友，管别人怎么说！"

旁边的苏海洋被我们逗得直乐。他也喝了些酒，说："恭喜恭喜，二位姑娘和好如初！"然后，我们三个人咯咯笑了起来。

天彻底暗下来时，我们都有些醉了，苏海洋一个人担起两个人的重任，强拉硬拽才把我们弄上车，安全送回了宿舍。

事后，苏海洋给我们描述当晚的情形，以及舍务老师那猪肝色的脸，我们笑得差点没钻到桌子底下去。

9. 我会一直爱她

我的恶劣事迹，到舍务老师那儿也算是达到了"圆满"。过了那一晚，舍务老师特勤快地跑了一趟主任室，于是我自然而然就被舍务开除，成了无家可归的孩子。

还好有苏海洋在，什么问题也都不成问题。他在学校附近给我租了一套房子，我们开始享受小夫妻般的同居生活。

得知我真的要搬出去住时，苏默默一脸担心，说："你好好想想，要不回家吧。"

我摇摇头："你也知道的，默默，我再也不想见到我爸，也不想回那个家。"

苏默默无奈地低下头，半晌，又猛地抬起："那你，那你……自己要小心点儿，知道么？"

她说话吞吞吐吐的，我明白她的意思。对于她，我也没什么好隐瞒，于是坦白地告诉她，我跟苏海洋已经偷尝禁果了。

苏默默惊讶的反应反倒把我吓了一跳。下一秒，她扯着我的手不管不顾就往外冲，当时上课铃已经响起，所有人蜂拥而进，只有她拉着我逆向而出。

我说："苏默默，你要什么？上课了！"

她好像什么都没听见，拉着我拼命向外挤，嘴里一直念叨着："走！我要找他算账，一定要找他算账！他怎么可以这么对你！"

我说："我是自愿的！"苏默默终于停下来，特没淑女的样子对我来了一句："你神经病啊！"

然后，系部主任就站在我们身后，浑厚的嗓音瞬时响起："你们在那干什么，还不回去上课！"

苏默默肯定是被我气到了，不然怎么会连个反应都没有。这回，我扯住她的手就开始往教室走，一边走一边说："马上回，马上回……"

因为这件事，苏默默跟我冷战了好一阵子，最后她终于接受木已成舟的定局。她说："楚楚，你可别犯傻，你这样我不放心，我一定要做点什么！"

一天，苏海洋给我发短信说："丽南路思维果汁吧，我正接受'庭长'会审呢！"我以为发生了什么重大情况，一刻也没敢耽搁就飞奔过去。结果，推开思维果汁吧的玻璃门，才发现是苏默默和苏海洋两个人在大眼瞪小眼，一本正经，一脸严肃。

苏海洋抛过来一个救命的眼神，我走过去问："怎么了，怎么了？"

苏默默回头看了一下我，说："你来了。"说完，又看了看苏海洋，估计那意思是对他说："呦，居然还敢搬救兵。"

我还未了解真实情况是什么呢，苏默默又开口了："苏海洋，我刚才说的，你都能做到么？"

苏海洋没有回答，看了看我，把苏默默之前跟他说的重复了一遍。这下我算是明白过来了——苏默默是怕我被辜负，为了我的幸福能有保障，她特地来向苏海洋要个保证。

我说："算了吧，默默，没必要的。海洋他很爱我，我感觉得到。"苏默默不听我的，还在坚持，最后她也不强调那么多了，只对苏海洋说："你要答应我，会一直爱楚楚，不能背叛她。"

我到现在都记得很清楚，那时苏海洋回答得斩钉截铁："我会爱她，心里只有她。"

很久以后，我在寂静无人的深夜回想这句话时，才想清楚他是钻了这句话的空子：他说他爱我，心里只有我，唯独没说一直……

10. 钱包里的秘密

苏海洋那天说的话我一直铭记于心，虽然我从未向他要过承诺，还一直认为那是爱情里最肤浅的东西。因为爱情需要经营，一两句好听的话只能悦耳，却担不起任何未来，可是我又不得不承认当自己亲耳听到这样的话时，那种心花怒放的感觉。

不知为何，苏默默对我就从未放心。那天之后，她愈发黏着我，每次和苏海洋的约会也都少不了她的身影。

苏海洋看着我有苦说不出，我却笑笑，说："你就当有两个女朋友好了。"他听了我的话，像受到惊吓似的，说："还是得了，最难消受美人恩呐，有你一个，足矣。"

听了，我就笑得花枝乱颤，心想：谅你也不敢呀。

最近，期末考成绩下来，虽然苏默默的专业成绩还是稳居系部和班级第一，可整体而言，有些科目似乎不太理想。辅导员知道我们又走在一起的事，于是对苏默默苦口婆心地劝导。

办公室内，苏默默连一句争辩的话都没有说，直到出来后，她扬起手臂，攥起拳头，恶狠狠地说："我真的……"

看她憋了那么久，我以为她想说："我真的想一拳打飞那个老巫婆！"可后来她说："虽然我并不想留校任教，但我一定要发愤图强证明自己，不能让导员总这样说我！"

听完她的话，我哈哈大笑起来。果然，好孩子就是好孩子，说不出我想的那些话。

苏默默被我这么一笑给弄愣了，一双大眼睛一直盯着我。我收回笑声，换成一本正经的模样，拍了拍她肩膀说："嗯，没错，祖国的花朵，要发愤图强的。"

"楚楚，咱们可都是祖国的花朵，要不……你也和我一起努力努力？"苏默默冲我眨眨眼。

我一哆嗦，摆摆手："算了吧，我这样还花朵呢，顶多一带刺的花骨朵。"说完，苏默默那小妮子笑得都快直不起腰了。

苏默默为了完成她那伟大的许愿，果真开始发愤图强了，不再像以往那样紧盯着我。不过她不是毫不在意，一有时间，她就苦口婆心教导我："林楚楚，这人，尤其是女人，要有自觉性的，知道不？"

我小鸡啄米似的点头："嗯呐，嗯呐。"

"别哪天受伤了，哭鼻子来找我安慰，那时我可没那善心管你了。"她说完，眼神飘飘忽忽在我身上扫了好几圈。

我依旧应付，哼了两声，可谁知没过多久，竟然一语成谶。

自从少了苏默默的"盯梢"，苏海洋就像得到解放似的。我说："你至于么？"他说："你不懂自由的可贵，她天天那么盯着，弄得咱俩跟偷情似的，我要的是自由恋爱！"

我狠狠掐了一下他的大腿："什么话你都敢说，你说，谁跟你偷情了，人家默默是关心我！"

"好啦，好啦，错了还不成。你没偷，偷的人是我……"说完，他还叹了一口气，弄得像真有那么回事儿似的。

我没心没肺没思量，笑得那个夸张——可后来我哭的时候才发现，原来什么东西都是成反比的。比如，想得到就要先付出，实践才能检验真理。同样地，爱的时候越窝心，恨的时候越蚀骨。

几天后，我在我们温馨的小窝里醒来，发现苏海洋正在门外打电话，一脸焦急的模样。

我刚想喊他，他已经走进来，那疲惫的样子是那么让人心疼。他匆匆穿好衣服，在我额头上轻吻了一下："公司有急事，我走了，起来自己吃点儿好的。"

我点点头，微微弯了一下嘴角："嗯，你也记得吃点儿东西，别饿着。"我话音刚落，他已经出了门外。

我转了身，扯了扯被子，准备再小憩一会儿，可一眼就扫到了床柜上的钱包。我立马清醒了，本来第一反应是起身追上苏海洋，把钱包给他，可是在好奇心的驱使下，我顺手打开了它。

然后，我整个人就愣了。一张特醒目的照片就夹在钱包正中央，照片上有苏海洋的笑脸，站在他旁边的女人轻挽着他的胳膊，怀里还抱着一个小孩子。

我盯着照片十几秒才把它从钱包里拿出，照片的背面，字字触目惊心：幸福三口之家，子航百天纪念。

我脑袋"轰"的一声就炸开了！

这是什么意思？难道……我感觉眼睛里有东西在不停打转，瞬间感觉天旋地转。不会的，不会是我想的那个样子……

可就在这时，苏海洋回来了。他看到我的样子时，也愣了，几乎没做任何思考，他冲上来就夺走我手里的照片，怒不可遏地冲我喊："谁让你动我的钱包了？谁让你动了！"

被他这么一喊，我的眼泪彻底掉下来了，看这样子，错的还是我……我低声抽噎，泪眼蒙眬地看着他："照片上的人都是谁呢？苏海洋，你告诉我……他们是谁？"

苏海洋身子僵住了，半晌，他一下子瘫坐在床上，双手紧紧捂住脸："对不起，楚楚，其实我已经结婚了，我……"

"够了！不要再说了！"我拼命捂住耳朵，终于吼出声来。

一句话，就已经是对我的宣判。还要听什么呢？那些可笑的解释无非是想换来一句"我原谅"，从而让自己心安理得罢了。

整个屋子忽然间静下来，顿了几秒，苏海洋突然靠近我，紧紧抓住我的手，想把我的手从耳朵上拿下来。他说："楚楚，你听我给你解释，你听我给你解释好不好……"

我不停挣扎着，现在关于他的一切我都不想听，我的脑袋已经没有办法正常思考了。

11. 你是我过去的影子

就在我们不断拉扯的过程中,苏海洋的电话响了一遍又一遍,后来他终于松开我的手,接了电话,一阵催促声从电话里传来。

苏海洋一脸紧张的神色,挂断电话后,他对我说:"楚楚,孩子现在发高烧,住在医院没人照顾,我得走了。我知道你现在不愿意听我解释,可我希望你能等我回来,一定要等我回来向你解释这一切……"说完,他转身匆匆离开了。

我抱着被子号啕大哭,感觉胸腔里的空气都被渐渐抽走,自己开始不能呼吸。

我曾想过,那么优秀的苏海洋可能有一天会离开我,也想过他可能会喜欢别人,唯独没想过,那么年轻的他已经结婚了。为什么真相总是那么残忍?

知道真相的那一刻,才发现所有的心理准备都已无用,爱情里,原来自己早已溃不成军。

我忽然想起把自己交付给他的那一夜,激情过后他将我搂在怀里,指着他送给我的那束娇艳欲滴的红玫瑰说:"楚楚,你看过张爱玲写的《红玫瑰与白玫瑰》吗?"

醉意未醒的我,摇了摇头。

他又接着说:"其实我也没看过,不过那里面有一句话说得很好：也许每一个男子全都有过这样的两个女人，至少两个。一个红玫瑰，一个白玫瑰……"

没等他说完，我就笑着打断了他的话："不管白玫瑰红玫瑰，我定是你最爱的那朵。"

那时的我，还暗暗为自己说出这样的话而得意。他笑了，低下头来，轻吻了我的唇。现在想来，原来是有这样的蕴意。

我哭干了眼泪，从白天熬到黑夜，却再也没见他的影子。

一句"等我回来"居然那样勾人魂魄——我感觉自己像个傻子，真相明明已摆在眼前，为什么心里还对他有所期待，难道那些无意义的解释能改变一切吗？

我给苏默默打电话，约她出来。

在电话里本已隐藏好的情绪，在见到她的那一刻全部爆发了出来。人声吵嚷的小酒馆里，我喝了一杯又一杯，旁边的苏默默一脸焦急，不停地问："怎么了，怎么了？"

我没有任何力气再哭，于是只好不停地笑。我说："默默，默默，我真的好喜欢苏海洋。"

苏默默说："我知道，我知道。"

"默默，我真的好喜欢好喜欢……"我反反复复，来来回回地重复着这句话。直到把苏默默真的逼急了，她的大眼睛开始泛红地看着我说："楚楚，你说实话，你是不是怀孕了？"

一句话，比苏海洋说的那句还让我晴天霹雳！我立马清醒了几分，对她说："你想到哪儿去了？怎么可能！乌鸦嘴！嘘……"

苏默默吓得立刻捂住了嘴，几秒后，才小声问道："我哪有乌鸦嘴，难道我说的成真了吗？"

她这么一说，我就想起那天的事。是啊，有些事真的让她说对了——我现在伤心了，难受了，还是来找她求安慰。可是我能说什么？怎么跟她说呢？

想到此，一股悲伤漫过我的胸膛，眼圈不禁又红了。

这一切，苏默默都看在了眼里，她说："楚楚，你肯定有事瞒着我。你说，你说啊……你知不知道，你这样让人看了多心疼。"

我还是没说话，她起身过来紧紧抱住了我，又说："你总是这个样子，做什么事看起来莫名其妙，其实是为了保护身边的人，可这些你从来都不说，我一直都知道那次你和那些女生打架是为了我，她们说我坏话我都知道的。"

我都忘掉的事，没想到苏默默还记得。那天，那些女生说："苏默默就假装清高，还不是被人玩过不要的，她曾经……"

其实我早就听过这些了，苏默默的过去和我相差无几。传说高中时期的她也是无恶不作的小太妹，放荡不羁，自甘堕落，后来经历了一场痛彻心扉的爱情，自此才变成如今乖巧的模样。

苏默默就这样抱着我，把她埋在心底的秘密说了出来："谁的青春没有一点儿小秘密呢？人呐，都是从伤痛中成长起来的，我和你如此惺惺相惜，是因为你身上有我过去的影子。"

我还是没有说话，她又说："楚楚，别的我就不说什么了，我只希望你能好好的，不要重蹈我的覆辙，不要被男人一伤到底。"

12. 原谅我无法对你诚实

那晚，听完苏默默的话，我的心忽然间变得十分坦然。我也紧紧回抱住她，说："放心吧，默默，我没事。"

于是，她没再说什么。跟她告别的时候，我就下定决心告诉自己要离开苏海洋，可没想到昏倒后再醒来的我，却又让这个决定变得不再坚定了。

或许是酒喝多了的缘故，我昏倒在回家的路上，是一位好心的阿姨看到后，将我送进了附近的医院。

隔日清早，我醒来的时候，医生看着我，嘱咐说："以后别再喝那么多酒了，一个女孩大半夜的多不安全，再有就是你怀孕了。"

"呵呵……怀孕？"我几乎不敢相信自己的耳朵。

"是啊，你一直不知道吗？也对，难怪……"医生的长篇大论我只听了几句。

真可笑！苏默默的乌鸦嘴又显灵了。我低下头看了看自己的肚子，一点显露的迹象都没有。为什么偏偏是这种时候？

我觉得，命运一直在考验、折磨着我，让我没有办法真正去狠心做抉择。

从医院出来后，我无处可去，只能回到苏海洋给我租住的那套房子里。说句实话，我心里还是期待他回来的，可惜并没有。

我蜷缩在床上，想起昨天曾坐在这里哭了一整天，细瞧之下，被子上还有我的泪痕。

屋里还是那么安静，一切看起来好像未曾改变，可是不知不觉中，很多东西都恢复不到原有的模样了。

墙上的钟表还在滴答滴答地走着，我看了一会儿，又想了许久，终于还是决定离开这里。因为连我自己都不知道，再住在这里，要怎样去面对苏海洋。

我提着行李回了学校，头一次去找辅导员如此低声下气地哀求："老师，我错了，拜托你跟主任说说让我回宿舍住，我保证以后再也不给你惹麻烦了，如果再犯一次，你可以直接开除我……"

大学几年间，辅导员从未见过我这个样子，脸上满是惊讶的表情。我一直低着头，觉得自己说这样的话真的好像已经卑微到骨子里了。从来没想过，有一天自己也会如此求人，曾经的自己风风火火，如今却是这般模样。

辅导员的目光一直盯着我，仿佛要看清我眼睛的底色。最后，她还是应承下来，替我在主任面前求情，才得以让我重新住回宿舍。我提着行李走出办公室前，辅导员的声音从身后传来："别忘了你自己说过的话，我跟主任也是这么说的。"

弄来弄去，一切好像成了一场交易。我在心里冷冷地笑了。

我以为，一切就只能这样了，没有结局的结局，何尝不好呢？

却令人万万想不到的是，几天后，苏海洋会翻天覆地地来找我。他知道我离开了那所租住的房子，所以每天都会到学校里来找我，好几次，我看见他守在女生宿舍的楼下。每一次，为了躲着他，我都要躲在人群中，直到他离开，再缓缓走进宿舍楼。

和你在一起才拥有全世界

苏默默一直问:"你们怎么了?"

回应她的,永远是我的缄默。她见我如此,只能频频叹气。

有一天,我还是依照每天的习惯,躲在人群里,等着他离开。却没想到,苏海洋一眼就望见了我,喊着我的名字,朝我跑了过来。

不知怎的,听见他声音的那一刻,我的双脚就那样站在原地动弹不得了。几秒间,他已冲过来用双手抓住我的双臂,将我紧紧拥在了怀里。

他说:"楚楚,听我说句话好吗?"

我不停地挣扎着,说:"你放开我!放开我!你个骗子!"说着,眼泪就簌簌落了下来。

苏海洋依旧紧紧抱着我,说:"我知道自己不该这样对你,我彷徨过,挣扎过,可是你知道吗?一想到有一天你要离开我,就连呼吸也让我感觉到疼,我那么爱你,所以舍不得失去你……给我一次机会,听我解释好吗?"说着,他的眼泪就像倾盆大雨,哗啦啦地就下来了。看到他流泪的一刹那,我的心都快碎了。

那一刻,我所有的坚定都被他的拥抱吞噬、瓦解,我上了他的车,跟他回到了那间屋子里。

在那里,他告诉了我关于他的全部故事。

他说:"上天对我很残忍,给了我一场没有爱情的婚姻,可偏偏又让我遇见了你。以前是我骗了你,可我爱你这件事是真的,你会原谅我吗?"他的目光一直锁定着我的眼。

听完他的话,我整个心都软了,我知道,自己再也无法坚持了。我一下子扑进他的怀里,亲吻着他的脸:"我怎么可能不原谅,因为我也是如此地爱着你,发了疯一般地爱着你!"

话音刚落,我们两个人的眼圈又开始渐渐泛红了。

第二天,我们就和好如初了。当他开着车送我回校园时,很多同学的表情都显得不可思议,就连苏默默也是满脸的诧异,一直不停地追问我:"你们俩到底怎么回事儿?"

我说:"我们和好了呗,情侣吵架不是常有的事儿吗?"

苏默默没有再说话,只是看我的目光好像在探索着什么。不是我不想告诉她,可是我能怎么说呢?所以,对不起,默默,原谅我无法对你诚实。

13. 这一次真的要与他告别

我开始沉浸在自己预设的梦境里,假装一切完好——让时光倒退回我没有发现那张照片之前,我还是那个单纯地爱着苏海洋的林楚楚。

我想:有些东西,只要不去触碰,不去提及,那么是可以瞒天过海的吧!

我以为这样就好了,可终究是骗得了别人,骗不了自己。

和苏海洋和好的这些日子,我以为自己会快乐,可是现实却不是这样——除却跟他在一起的时间,我的心满满的全是惶恐,甚至几次在漆黑的夜里,我叫喊着从噩梦中醒来,冷汗涔涔。不安时刻爬满我的心头,那张照片,始终像是不间断的梦魇萦绕在我心间。

五、红玫瑰的眼泪,说不出的伤悲 ☆

可是，面对苏海洋时，我却只能强撑着笑脸。原来，太在乎一个人，会丧失全部的自己。可就是这样的委曲求全，想尽一切办法想坚守住自认为刻骨铭心、无法割舍的爱情。

那天，我的手机收到一条陌生人发来的短信。短信里，只有短短一行字：周六八点，香城街，时光咖啡馆。我想见见你。

我已经猜到是什么人了。我想总有那样一天的，只是没想到时间这么短。但我不假思索，还是义无反顾地奔赴"战场"——终究还是要有一场"战争"的吧。

周六那天，我盛装打扮了一番。

我想，这是我面对她唯一可炫耀的，也是我的唯一"战争"筹码——青春。我知道，这场"战争"我必输无疑，可丢盔弃甲，临阵脱逃从来不是我的风格，无论面对什么，都必须一战。

可真正见到她的那一刻，我心里还是慌张了。

她穿着一身深蓝色的职业装，小施粉黛，浑身上下都流露着成熟女人的气息。而我忽然就想起了苏默默曾形容我的话，她说，我还只是个黄毛丫头。如今和面前人一比，相形见绌，还真是如此。

见我来了，她就开门见山，单刀直入，丝毫不给我思考的时间。她说："你和海洋来往多久我不再想问，可我想，你们也该到此结束了。你年纪轻轻，不要一个死心眼儿，把幸福搭在一个无法给你未来的人身上。我和你比，的确没有任何优势，有的只是一张合法的结婚证书罢了。"

就这么一句话，我就已经一败涂地了，是么？

可她并没打算放过我："你何必跟我这样一个老女人来抢男人呢？人要换个角度替别人考虑，感同身受一下你就知道，等你到了我这个年龄，有别的年轻女子也跟你来抢丈夫，你又如何？"

她的话，字字如针，我只能哑口无言。一场口水战役，我在无声中落败。

回来以后，我的身体仿佛被抽空了一般。

我拼命给苏海洋打电话，一遍又一遍，可他的手机总是关机。终于是要结束了吗？

我趴在床上，眼泪湿了整张脸。不知何时，每日每夜我都好像在以泪洗面。

几日后，我终于有了苏海洋的消息。他疲惫的声音从电话那端传来，他说："楚楚，回去等我。"

于是我翘了课，回到租住屋里，心里高兴着，忐忑着，都只为了再见苏海洋一面。

半小时后，苏海洋出现在我的面前，他紧紧抱着我说："楚楚，我好想你……"

我刚想说些什么的时候，一个尖厉的女声从后方传来："苏海洋！"

我们一同回过身去，原来是她跟踪苏海洋一同来到了这里。我再仔细打量她，完全没有了那日的气势跟风韵——穿着普通的家居装，头发蓬乱，脸上还有哭过的痕迹。

我们都愣了，可身体还紧紧抱在一起。

没有任何反应的时候，她已经冲上来推开我们，顺势扬手甩了我一巴掌，然后难听的话从她嘴里不断流出："你个不要脸的狐狸精！"说着，又要扑上来。

苏海洋挡在我前面，紧抓着她的手，冲她喊："你闹够了没？"

她用尽力气甩开他的手,眼泪"哗"的一下就下来了:"苏海洋,是我闹吗?你摸着良心问问自己,是我闹吗?你们这是想干吗?你不觉得太过分,太欺负人了吗?我是你的合法妻子!你要我眼睁睁地看着你们秀恩爱吗?苏海洋,你不要我,也不要儿子了吗?你再这样,我就抱着儿子一头撞死算了!"

听完她的话,苏海洋也哭了,他仰着头喊了两嗓子,攥着的拳头青筋都快要蹦出来。他拉扯着她,说:"够了,我跟你回去,你别再叫了!就当我求你,不要在这儿闹。"

他想尽一切办法安抚她,可她还在哭,骂声始终未断。

我却全身僵硬了,怔怔地看着眼前戏剧化的一切,耳朵轰鸣了,眼睛模糊了,嘴里也发不出任何声音。

苏海洋两步一回头看向我,他说:"你回去吧,我会给你再打电话,快回去吧。"

直到他们消失在我的视线里,我瞬间失去力气,瘫坐在地上。

我心里是清楚的,这一次,真的是要跟他告别了。

14. 谁的青春没有一点儿小秘密

女人的第六感是相当准确的。

直到我脸上的红肿完全消去,甚至更长的一段日子都过去,我始终没有等到苏海洋的电话。

我还在不肯泯灭的期冀中等待着,我相信着他,不肯放弃这段深入骨髓的爱情。

我告诉自己,他是爱我的,爱情,比天大,比海深——他爱我爱得那么深刻,不会不要我的。我的肚子已经微微隆起,再过几个月,我就可以当妈妈了,可他还不知道孩子的存在呢。

如果我知道,等待的结果只能是无法圆满的悲痛,那么我宁可从未再联系上他。可是,现实往往是那么残忍。几天后,我终于收到了他的一条短信。

他在短信里说:"楚楚,我选择放弃了。对家,对她,我还有要担的责任。我想:这辈子你都是我心中无法忘却的惦念。楚楚,忘了我吧。"

收到短信的那一刻,我刚好在回寝室的路上,看到那些话,我再也抑制不住自己,放声大哭。周围同学都投来异样的眼光,我也不去在乎。

那天,我没有像往常一样跟苏默默回寝室,而是出了校园,去了一家偏僻的小诊所。我想要打掉孩子,可那里的医生说:"孩子已经成形了,要去正规一点儿的医院流产才安全。"

最后,我花了十几块钱买了一瓶药。医生劝道:"小姑娘,你可千万别做傻事啊!"

我的爱情已经死了,我还有什么可畏惧的呢?

出了诊所,我就把那瓶药尽数倒入口中,然后迎着夕阳一步一步向前走去。暖暖的橘黄色的光将我周身笼罩,不多久,我的肚子一阵剧痛。

醒来的时候,我发现苏默默在我身边都哭成了泪人儿。

我调养好身体，离开医院后，告诉苏默默："我和苏海洋已经分手了，因为一时间接受不了，才做了这种事。"

她还是那个样子，拉住我的手就要去找苏海洋。她说："他怎么能这样欺负你？走，我要替你上他那儿讨个公道！"

我拉住她的手说："算了吧，我认了，你不也说过吗？人要经历过伤痛才会成长的……"

苏默默眼泪掉了下来，说："可这伤痛太大了呀！"我拍拍她的手背，替她擦了擦眼角的泪，看着她不说话。

后来，她不再哭，轻轻抱住了我，说："楚楚，过去就过去了吧，咱们都不要再哭，从今天起再也不要为男人掉一滴眼泪！"

我说："好。"

至今为止，我也没有把全部的故事告诉她。我想，我还是希望她能够保留一些美好吧，谁的青春没有一点儿小秘密呢……

后来，大学毕业后，在一家格调精致的书屋里，我终于看到了张爱玲写的《红玫瑰与白玫瑰》。

原来，书中的那句话是这样的："也许每一个男子全都有过这样的两个女人，至少两个。娶了红玫瑰，久而久之，红的变成了墙上的一抹蚊子血，白的还是床前明月光；娶了白玫瑰，白的便是衣服上沾的一粒饭黏子，红的却是心口上的一颗朱砂痣。"

小说里的振保迷茫过，也挣扎过，最后却冲破了情欲的枷锁，变成了一个好人。我想，苏海洋，你也是如此吧。

所有的红玫瑰最后也都是要变成白玫瑰的，只可惜，我好像失去了那个资格。

很久以后，我又看到这样一句话："男人永远以事业为主，情感只是他们生活的一部分,他们永远不会为了情人抛弃老婆,丢弃家庭的责任——无论那个情人多么优秀,多么妩媚。"

看到这儿,我淡淡地弯起嘴角笑了。可看到下一句,我却猝不及防地掉下眼泪来。

"——而女人,情感便是她们的全部。有时一旦爱了,便是一生。"

★青春成长箴言

很多年轻的女孩都曾在脑海里构想属于她们自己的独特的爱情,可现实总是残忍地一点一点将它吞噬,但她们依旧不会放弃,为获得圆满,甚至不惜牺牲掉一些东西。殊不知,越是这样,越守护不住爱情,到最后一样是惨败。

其实,不光是爱情,生活中很多东西也都如此——越苛求自己想要的那种完满,就要付出越多的努力跟代价,而代价很多是我们无法承受的。

所以,激烈的感情还是要回归理性,这样对我们而言才是最好的选择。

六、哈尔滨没有下雪

那时,我终于明白,路安雪对你来讲可能是一生只爱一次的那个人,你所有的好都只赠予她一个人,没有他人的份儿。

明白的这一刻,我不得不承认无论自己怎样步步为营,小心翼翼,也照样会输得一败涂地。

1. 我对你一见钟情了

许安年，第一次听见你的名字，我和苏雪正坐在冷饮店里吃刨冰。隔壁桌坐着一个长得像长白山似的姑娘，手舞足蹈地描述着你打架时的英勇模样。

我正听得津津有味，她却戛然而止，换成了一阵抽气声，然后对旁边的人说："你们看，我说的就是他。"瞬间，她们的目光就齐刷刷地投射过去。

我也疑惑地转过头去，就看见你推开冷饮店的玻璃门走了进来，身后还跟着你的女朋友路安雪。

你和她坐在离我不远的位置，我能清楚地看到你淤青的眼眶，上面还留有血迹。你点了两杯酸梅汤，目光直直地看向窗外某一点，服务员把酸梅汤送来时，你猛地拍了一下桌子，把服务员吓了一大跳，其实不光是他，你吓到的还有正在全神贯注看着你的我。

"哼，我今天就是太给他脸了。"你突然说了这么一句。

对面的路安雪静静地看着你，顿了几秒，才从包包里掏出纸巾，站起身走到你身边，替你擦去眼眶上的血迹，边擦边对你说："算了吧，别和他计较了。"

"这是你说的，路安雪。"说完，你推开还在为你擦拭血迹的那只手，头也不回地走出了冷饮店。

六、哈尔滨没有下雪 ☆

和你在一起才拥有全世界

你前脚一走,冷饮店里瞬间又热闹了起来,谁也没注意,被你扔在这儿的路安雪,眼泪噼里啪啦地掉了下来。

我还没有回过神来,苏雪就一把抓起我的手往店外冲。出了店门,我们跑进校园,直到操场,我气喘吁吁地杵着膝盖,喘着大气问:"你这是干吗啊?"

"他是许安年呀,你刚才没注意吗?"苏雪侧过脑袋来看我,我刚想回答,她又说:"我想我喜欢上他了,一见钟情的那种。"

"可是他有女朋友了!"说这话时,我有些心虚。

"没关系,喜欢他是我一个人的事。"苏雪说。

听她说完,我就"呵呵"地笑了。许安年,你看你多么有魅力,就这么一瞬间,你就俘获了两个少女的芳心。是的,我好像也喜欢上你了,跟苏雪一样——一见钟情。

2. 你不要小瞧卫生巾的威力

按小说里的桥段,喜欢上男主角的女主角都需要对其进行一番资料调查,然后每天厚着脸皮跟踪,从而制造一段又一段的"巧遇"。可是我还没思考周全,苏雪就已经展开了行动,于是我只好作罢。

没出三天,苏雪追求你的事就闹得人尽皆知。我暗叹她的勇气,自己的确自愧不如,况且苏雪还不知道我也喜欢你的事。

忽然之间，我觉得自己所处的位置特别尴尬，你有女朋友，我的好朋友还喜欢你，那我算什么？

就在我觉得自己再也不会跟你有任何交集的时候，你却主动找上门来。你在学校的走廊里拦下我，说："你叫苏小七吧，我有事……"

"对不起，我也有事……"仓皇失措下，我竟然说了这么一句话，然后就脚步匆匆地跑下楼梯。站在教学楼下，回想刚才的那一幕，我真恨不得咬舌自尽。今后，恐怕你都不会再理我了吧？

让我没有想到的是，第二天，我在教学楼下的花坛旁打扫卫生，你站在二楼走廊的窗口旁看见了我，于是扯着嗓子喊："那个苏小七……"

我一仰头，就对上了你的眼。你见我注意到了，更加兴奋地喊："哎，对，就是喊你呢，你等着，我下去……"说着，窗口旁就不见了你的身影。我吓得跑出十几米远，躲在一棵大榕树后面。

你的速度果然很快，我刚藏好，你就已经跑了下来。你左顾右盼，张望了半天也没看见我。你忽然感觉很懊恼，扬起手摸了摸自己的头发，自言自语地说了一句："我长得有那么吓人吗？"

你的声音很小，却足够传到我的耳朵里。我"扑哧"一声笑了，下一秒才反应过来，立即捂住了嘴。再抬眼时，你却已经不见了，心里忽然就产生了一点儿小小的失落。

这已经是你第二次找我了，我不知道你找我究竟为了什么事，但依我的直觉，肯定跟我本人没有什么关系。

可能因为我三番两次地躲避，使你对找我的事失去了信心，连续一个星期我都没看见你的身影，倒是常在苏雪的口中听到你的各路消息。比如，你又为路安雪跟学生会会长陆家明打了一架，而且这次严重到要记处分——不公平的是，陆家明什么事情也没有。

苏雪为你愤愤不平，到处说陆家明的坏话，每次下课后，她都会利用她的大嗓门引来一大群听众。而我呢，就只是杵着胳膊直叹气——我叹气的不是教导主任对你的"裁判"不公，而是我发现你的女朋友路安雪对此一点反应都没有。

除了我，其他和你好的朋友也都看得清楚，好几次我都听到他们在议论你和路安雪，并感叹你如此为她付出是多么不值。可你自己不当回事儿，他们又能说什么？而我自始至终都是局外人，又能说些什么？

几天后的课堂上，我肚子忽然疼痛难忍。教室里开着电风扇，我的额头还是沁满了细密的汗珠，我知道这个日子是"大姨妈"来拜访了，下了课，我就急匆匆地奔向了校园里的超市。

避开人群，我小心翼翼地拿了两包卫生巾结了账，可是抱在怀里走出门口的那一刻，我就听见了你的叫嚷："哎，那个苏小七，你给我站住！"

你话一出口，我就吓得呆愣在了原地。我怎么也没想到你的语气会这么不友善，该不会就因为闪了你两次面子，你就心生恨意要来打击报复了吧？

你大步朝我跑了过来，还好我反应迅速，立刻扬起手里的那两包卫生巾，大声喊道："你别过来啊，再过来我就拿它砸死你！"

听完我的话，你立马就笑得直不起腰来。你指着我手里的卫生巾说："你说它呀？"看你这样，我更加装出有底气的样子，猛地点了点头说："当然说的是它，你可不要小瞧卫生巾的威力！"

话音刚落，我就察觉到周遭纷纷射过来的目光以及你脸上姹紫嫣红的颜色，以后我每每想起，都会偷偷地乐。

3. 喜欢你，让我那么想哭

那天，你呆愣了数秒，随即一把扯过我的胳膊，拉着我迅速地远离了群众的视线。在校园里一处偏僻的树荫下，你说出三番五次来找我的原因。果然，我料想的没有错，你找我不是为了别人，就是为了你的宝贝女友路安雪。

其实我早就听说，路安雪从小才华横溢，能文善舞，一直很得老师的喜爱，所以当你说要把她写的小诗发表在我们的校刊上时，我二话没说就同意了。一来，校园编辑部能得到一个固定提供小诗的人；二来，我又能讨你的欢心，何乐而不为呢？

你把路安雪写的小诗送来给我的时候，站在教室门口张望，有人问你："你找谁呀？"班里的人都以为你来找的那个人，是一直奋力追求你的苏雪，就连苏雪自己也是这么以为的，她站起身刚想走向门口，你忽然开口说："苏小七，你能出来一下吗？"

登时，众人的目光齐刷刷地投向了我。我叹了口气，每次你一出现总会引起群众效应，和你有瓜葛，就是不受关注也不行。但我实在佩服同学们遣词造句的功力，我前脚踏出门口，后面就飘出纷纷议论的声音："咦，她什么时候和许安年勾搭在一起的？"

和你在一起才拥有全世界

我红了脸站在你面前,你却好像什么也没听到似的,递给我一个本子,说:"这个本子上全是安雪写的小诗,我看过很多遍啦,真的写得特别特别好,那个……就拜托你啦。"

你说了挺长一句话,我只听进几个词,你说"安雪"显得那么亲切,你说"特别"显得那么强烈,你说"拜托"显得那么重视。

我接过本子时的表情是木然的,你都没察觉到,还咧着嘴笑着一直跟我说"谢谢",我微微点点头。上课铃声恰巧响了,转眼间,你也就转弯跑下了楼梯。

我拿着本子进了教室,这时老师还没来,好多同学都好奇地盯着我手里的本子。我回到座位上刚想打开本子翻看,苏雪却不知何时来到我身边,单手按在本子上,对我说:"你什么时候和他走得那么近了?"

我感觉心里忽悠忽悠直颤,这个时候,我总不能告诉她我也一直喜欢你吧。没办法,我只好也装得很茫然:"我也不知道,他让我帮他的女友路安雪发表这些小诗。"

说完,我还特诚恳地把桌上的本子拿起来递给她看,她只轻轻瞄了一眼,没有接。我知道,她是信了我。可没想到,下一秒,她拉起我的胳膊摇了摇,语气瞬间变得酥软:"小七,你都能帮他了,那也帮帮我吧……"

我当然明白她的意思,迟疑几秒,在无法拒绝她的情况下,我只好点了点头。她高兴地回了座位,老师也正好拿着书本走了进来,教室里霎时鸦雀无声。

我低头看看路安雪的本子,又侧脸看看还在高兴着的苏雪,忽然觉得自己喜欢你怎么那么委屈,那么想哭呢。

4. 为什么要撒这样的谎

因为路安雪的关系，你和我走动得越来越频繁，只不过，每次我都会带着苏雪。刚开始的时候，苏雪还有些拘谨，只是在一旁安静地看我们探讨路安雪写的小诗。

你每每说到路安雪的时候眼里总是会发光，你说："安雪一直都是我心里最美最好的女孩子。"

我听了，心里有些难过。可让我更难过的，是苏雪和你混熟了以后的日子。

我一直记得那个周五，你照常来给我送路安雪写的小诗，我接过本子顺手就放进了桌框里，之后就随着你走了出去。

可没走几步，我就感觉身后有人拉住了我的手，我微微一侧脸就看到了苏雪。她跟我使了一个眼色，就看着你的背影跟了上去，而我静默地站在了原地。

作为苏雪这么多年的好朋友，她想做什么我一目了然。眼看你们的背影就要消失在我的视线之中，我没再多思考，偷偷地加快脚步，尾随在你们身后。

我和你们保持着一定的距离，不近不远。

你一直在前面走着，没有回过头，嘴里好像还说着什么，根本没注意到身后的人已经不是我。直到苏雪的左手拍在你的肩膀上，你才停下脚步回过头，一脸的疑惑："咦？怎么是你？苏小七呢？"

苏雪嘟起嘴，装作不开心的样子："怎么？是我就不行啦？小七肚子痛，去厕所啦……"

说实话，我真佩服苏雪撒谎时还敢注视对方的眼睛，而且还能做到脸不红心不跳。其实这也算是一种本事，倘若是我，绝对不行。

你看着苏雪，也没有多想，只是笑了笑，然后回应她："没有啦，哪有不行。"可说完，你又不合时宜地叹了口气。

我猜想，是不是刚刚你对我说了什么，可我没有跟在你身后，所以没有听到。

我隔着那么远的距离看着你的眼睛，想要从那里验证我的猜想。可就在此时，苏雪忽然就上前一步抱住了正在发愣的你："我喜欢你，你一直知道的。许安年，我想知道，我们有没有可能在一起？"

她的声音字字清晰，虽然我已料想到她会跟你告白，可当亲眼看到她这么做时，我的心里突然很不是滋味。然后，我的心怦怦地跳着，我比她还紧张你会给出的答案。

显然，你没想到她会这么做，满脸的不知所措，过了十几秒，你抬起手臂缓缓挣脱她的怀抱，淡淡地说了一句"对不起"。

我屏息在胸腔中的气一下子就释放了。

你没有接受苏雪，我竟然这么开心，这么愉悦。我没再继续听下去，这个答案就够了。于是，我转身以极快的速度离开现场，并匆匆回了教室。

我能想象被人拒绝后心里是何种滋味，我做好了等苏雪回来安慰她的打算，可这次我的猜想却出了差错——苏雪是笑着回到教室的，我的心微微一颤，难道是我走后你们又说了什么？

苏雪来到我身边，大眼睛盯着我，好似在等我发问。我只好顺着她的意开了口："刚刚你跟他说了什么？还特意把我支开。"

"你猜……"她神神秘秘的。

我也只好假装不知："别绕圈子啦，告诉我吧！"

我说完，她就在我身边坐下来，还拉住了我的手："其实也没什么，就是他说，他有一点点喜欢我。"说着，她拉住我的那只手愈加用力，好像要把那股兴奋劲儿传递给我似的。

这话要多假有多假，我刚才又不是没听到，可我又不能戳穿她，没办法，我只好笑了笑，说："真的？那太好了……"

苏雪对我的反应很满意，脸上的表情有点儿小自豪，没再说什么，转身走回自己的座位。我却被她的这个举动弄晕了，到底是为了什么，她要跟我撒这个谎？

5. 那只是不爱的借口

经过这件事后，你很少再来找我，我知道你很可能是为了避开苏雪。可依照苏雪的性格，就算是你有意避开她，她也会想方设法出现在你的视线里，但这一次她却一反常态，显得那么安静。我有点想不透她的心思。

几天后的晚自习上，教室里有几个同学都昏昏欲睡，一脸困顿的模样。我也坐在座位上单手支撑着下巴，却不停地在打呵欠，不经意间，眼角的余光就扫到了你。

你匆匆从教室门口经过，我有预感，肯定是发生了什么事。这样的想法让我瞬时就清醒了许多，于是我从教室后门溜了出去，偷偷跟上了你。

我跟踪你来到教学楼后面的一个小长廊，这里漆黑一片，只有几处隐隐能透进些光亮。我的小心脏都提到嗓子眼儿了，心里想：你该不会是来这里跟哪位女同学幽会吧？难道你要背叛路安雪？

我还沉浸在胡思乱想之中，忽然你就一嗓子号开了。

我全身一哆嗦，这是什么情况？

我愣了几秒终于反应过来，原来你哭了。我不知道你哪里来的悲伤，我当时唯一注意到的是，你哭得好难听啊，这么惊天地泣鬼神的，怪不得要背着人呢。

"唉……"我不自觉地就叹了一口气。可在这连虫鸟都不鸣的破地方，你一下子就听到了，你顿时停止了哭泣，冲我这边喊道："是谁？出来！"

我总是会被你的气场震慑住，我估计换了别人早跑了，可我就那么傻愣愣地迈着步子走了出去，还怯生生地回道："是我……"

走近了，我才发现你眼睛里那晶亮的光，我知道，那是眼泪。你看清是我后，没有生气，也没什么反应，你没说让我走，于是我就站在那儿。结果没过一会儿，你又开始哭了，与刚才不同的是，这次你是隐隐啜泣。

我又靠近了你一些，准备从兜里掏出纸巾递给你。谁知，还没等我完成这一系列设想好的动作，就被你一把拖过去，一屁股坐在了你的身边。

你说："借个肩膀好吗？"

我还没应允，你就趴在我的肩膀上号啕大哭。你到底是有多大的悲伤啊，眼泪一下子就能透过衣服浸湿我的肩膀。

我想我是震撼了，于是不由自主地就抬起胳膊搂住了你，轻轻拍打你的肩膀以示安慰。终于，你的情绪缓和一些，这时你告诉我你失恋了，就在刚才。我明白了，原来不是你背叛了路安雪，是她背叛了你，光明正大地和陆家明在一起了。

你说："其实早有预感，只是没想过会来得这么快。"说罢，你笑了，我看不出你笑里的韵味。

之后，你问我："我真的头脑简单，四肢发达吗？她说我不懂得欣赏她，可她的美、她的好我全都看见了，只是我不太会表达。"

我摇摇头说："算了吧，那只不过是不爱的借口罢了。"说完，我就后悔了。因为，就是我的这句话，把你再次搞哭了。

6. 这样的结果我不甘心

那天，好不容易把你安慰好了，你对我说了"谢谢你"之后还是选择翘课回了宿舍，而我也快步回了班里。

那时已经是下半堂课，让我奇怪的是，教室里的人生龙活虎，异常兴奋，与刚刚我出去之前相比有很大的反差。

　　还没等我问大家发生了何等大事，苏雪就凑过来给了我答案。她扯扯我的胳膊，示意我把耳朵靠过去。她伏在我耳边告诉我："你知道吗？他和路安雪分手啦。刚才传开的，听说是上节课发生的事，他当着老师的面就摔门出去了，太帅啦！"

　　听她说完，我忽然觉得你简直是个大名人啊，你的恋情瓦解了，居然能产生这么大的轰动。苏雪不知道我刚安慰完你，只有我知道你摔门而出后去了哪里。她还在一旁径自高兴着，我没再说话，而是静静回想着刚才和你在一起的时刻。

　　有了那次安慰，又恰巧赶上你和路安雪分手，我以为这是上帝对我的馈赠，于是我心怀愉悦，心存感激。我还计划接下来要更加努力接近你，可却忘了你的身边除了我还有苏雪，后来发生的事，我预测不到，更始料未及。

　　我都忘了，苏雪曾说过你有一点点喜欢她——我还天真地以为，那天你只对苏雪说了一句"对不起"。

　　当我看着你和她挽着胳膊从我面前经过时，我真的恨不得自挖双眼。我还注意到，有一次你们这样大摇大摆地走在操场时，对面的路安雪也拉着陆家明的手。你们四个一场擦肩而过的对峙，在我眼里，太像一场走秀了。

　　可即便这就像一场走秀，也让我哭了。

　　你是多么风光、引人注目的人啊，怎么可能让别人说自己被抛弃了呢？加上苏雪早已对你表明心意，你顺水而下，自然而然，你觉得这样是维护了自己的面子吗？还是你不甘心要气气路安雪呢？我都不敢相信，那天在我肩膀哭泣的那个人是你。

可我必须相信，你已经和苏雪在一起了。

苏雪请我吃提拉米苏，请我喝玫瑰果汁，我俨然成了她眼里的大功臣。可她不知道，我根本不希望她这样做，她越是这样，我心里就愈加难过。

许安年，说句实话，到底是你给了我错觉，还是我自作多情地瞎想呢？这样的结果，让我好不甘心！

7. 全世界不只你会难过

也许从暗恋你开始，我就压抑着自己，还来不及表白便被苏雪抢占了先机。

我真的受够了！我再也不能去忍耐，既然已经如此，我至少要让你知道——我是喜欢你的。

我喝酒给自己壮胆，就像一只要挑战猫的老鼠，用喝醉的方式先忘却自己是谁，然后才有勇气站到你面前，说出想说的一切。

我刻意避开苏雪，和你约在教学楼后的小长廊。

你来的时候，我是真的醉了，站起来扶着柱子都有点儿打晃，暗淡的光影下我更是看不清你的脸。

你见我如此，便几步上来扶住我，我借机钻进了你的怀里——你的胸膛真暖啊，我感觉身体像团火热腾腾地燃烧着。

我能感觉到你在跟我说什么，可是我什么也听不清。

六、哈尔滨没有下雪 ☆

和你在一起才拥有全世界

我的脑袋还没混沌到忘了约你在这儿的目的，没再犹豫，我抱着你的手臂又紧了紧，然后开口对你说："许安年，其实我一直喜欢你……"说完，我就失去了意识，彻底倒在了你的怀里。

或许，是潜意识告诉我，这个时刻应该用醉倒来作为终结。

那一晚，我心安了，该说的都说了，该做的也都做了，也对得起自己这一场轰轰烈烈的暗恋了。

第二天，我醒了酒，照常去上课，可一进教室就发现苏雪在哭，教室里好多同学都默不作声地看着我。虽然不知道是怎么回事儿，但我作为她最好的朋友，应该去给她最贴心的安慰。

我朝她走了过去，俯下身子询问："苏雪，你没事吧，发生什么事了？"

她继续哭，没回答我。我抬头看看其他同学，他们也不说话，没人告诉我到底怎么了。

我刚想再开口，苏雪猛地起身，一下子推开了我："苏小七，你能不能别这么假惺惺了？我知道你也喜欢许安年，那你就说，你就追啊，可你表面上说帮我，私下又找他去表白，你觉得这样好玩吗？现在好了，我们分手了，你满意了？"

她的质问让我哑口无言，周围的同学已经开始七嘴八舌地议论上了。我没想到有一天竟然是这种局面，我成了大家眼里假心假意的女孩子。可是，我也很委屈呀，有谁看到了，有谁理解了？

苏雪，难道全世界就你会难过，就你会哭吗？告诉你，我也会！不信就试试。

8. 你的离开让我措手不及

你和苏雪分手了,原因竟然真的是因为我对你的表白。你来找我,问我:"苏小七,我现在可以告诉你我的答案了吗?"

我站在走廊看着你,眼中尽是茫然。你着急了,说:"哎,你不会,你不会这么快就把昨晚的事给忘了吧?"你这么一说,我就明白了,可我打算装傻装到底:"啊?什么事?"

你叹了口气,笑着说:"算啦,算啦,中午我们一起吃饭吧!"

"啊?"

"情侣要一起吃饭才对的嘛。"说完,你没给我反应的机会,便潇洒地转身离去,还扬起手跟我比了一个"V"形手势。

那代表什么?是胜利吗?我才不想那么多,总之我明白了你的意思,就足够让我窃喜。

自那以后,苏雪再也没有主动跟我说过一句话,我也没有像往常一样去打破僵局。因为我知道,感情的事不是小事,她怎么可能轻易对我说原谅。加之,我和你刚刚谈恋爱,巨大的喜悦也让我没心思去顾及这些。

现在,每天都能单独和你在一起,一起吃饭,一起散步,一起做很多以前没有做过的事。

你第一次吻我的时候,在那个小长廊,你说:"既然你是在这儿向我告白的，那我当然要在这儿吻你，这样我们彼此都有个关于小长廊的美好回忆。"

你的吻真甜呀，就像我爱吃的棉花糖。

你吻我的时候紧紧闭着眼，而我却偷偷睁开眼看着你，直到感觉你要结束这个吻时，我才迅速闭上了眼。我多想告诉你，在我心里你是多么的帅气。

就这样恋爱着，似乎都感受不到时间的飞逝。可算起来，我们在一起也快有一个月了。

天气越来越凉了，我们迎来恋爱后的第一个冬天。

同学们都换上了棉衣，可盼望的第一场雪却迟迟没有来。

有一天我问你："你说，今年什么时候会下雪？"你摇摇头说："不知道，我又不是'天气预报'。不过，我觉得这沈阳下的雪肯定没有哈尔滨的美，我的家乡可是冰雪之都。"

看你得意扬扬的模样，我就笑了："好啊，那以后有时间我一定要去看看，哈尔滨到底有没有你说的那么美。"

你点点头："行，你来的话，我一定给你当导游……"

可你说完这话没多久，你就回哈尔滨了。

第二天，你给我发来短信："小七，哈尔滨下雪啦，跟鹅毛似的，特别漂亮！"

那时，我在看《天气预报》的重播：哈尔滨，夜间到白天，北风三到四级，中雪。

我回复说："我好想看！"短信刚发过去没多久，你就真的发了一张雪景的彩信给我。照片里的哈尔滨，真的像你所说的那样特别美，我看着愣了许久。

你一共去了三天，回来的时候满脸疲惫。

我关心地问："是不是家里出了什么事？"你看着我，一直默不作声，可过了一阵子，你将我用力揽进怀里，说："小七，对不起，对不起……"

我没多想，也紧紧抱住你，问："是不是有事不想说？"你用下巴轻轻抵住我的肩胛骨算是回答。

我说："没事，不想说就不说吧。"

我向来尊重别人的各种意愿，对爱的人更是如此。因为我知道，倘若有一天你若想说，肯定就会说的。

可我没有等到你想跟我说的那一天，你就离开了。这完全出乎我的意料，让我措手不及。

9. 我们不要再生气了

大四临近毕业了，大家都忙着找单位实习，没想到你找了哈尔滨的一家单位，还是和路安雪一起走的。临走前你找到我，站在我面前，像个犯了错的小孩子一个劲儿地对我说对不起。我怔愣在原地，脸上没有任何表情，因为我已经做不出任何反应。

你真正离开后，我才发现你对待我的方式，跟对待苏雪没有什么不同。

我开始变得沉默，因为我一直想不透我们出现了什么问题，让你还是回到路安雪身边,并陪她一起离开了。

后来,苏雪的话让我明白了真相。

你走后,我和苏雪就不再那么针锋相对,关系开始渐渐缓和,毕竟,我们曾是好朋友。

忘了是哪一天,伤感突然席卷全身。你知道吗?你走以后,我都没有好好地大哭一场,可是那天我没忍住,歇斯底里地哭了。

在洗手间里,我捧着大把大把的冷水边洗脸边抽噎。

一直跟在我身后的苏雪再也看不下去了,她冲我吼:"苏小七,你能不能有点儿出息?你看看你现在,你看看我们现在,你觉得为了他,我们变成这样……值得吗?"

可吼完,她的眼眶也红了,声音也开始哽咽。

"不值得,不值得,不值得……一点儿也不值得。"我重复着,像是发了疯。

苏雪冲上来抱住我,将我的头按在她的肩膀,说:"小七,你别这样,我看了难受。"

我没说话,脑子里想的还是你临走前那一刻的样子。

苏雪说:"其实一开始我就看出来你也喜欢他,可我装作不知道。后来我向他告白,那天他告诉我,他有点儿喜欢你。对不起,我骗了你。"

"够了,苏雪,别再说了,已经没有意义了,不是吗?有点儿喜欢有什么用,那并不是爱啊!"我擦干了眼泪,抬起头来,"以后,我们不要再生气了,好不好?"

苏雪看着我,"哇"的一下就哭出声来。这一次,我给了她肩膀。

10. 哈尔滨没有下雪

冬天快要过去的时候，我和苏雪终于和好如初。

我们还像以前那样，一起吃饭，一起谈心，唯独不谈你，就当作你从来没有出现在我们的生活中一样。我们决定缄口不言，让你成为深藏心底的秘密。

后来，我辗转听说了你的消息，原来在实习之前，陆家明另结新欢，甩了路安雪，她因此大病一场。你听说后跑到医院日夜悉心照看，看着那般憔悴的路安雪，你不仅原谅了她，还回到她的身边，甚至陪她回了老家，离开了我。

那时，我终于明白，路安雪对你来讲可能是一生只爱一次的那个人，你所有的好都只赠予她一个人，没有他人的份儿。明白的这一刻，我不得不承认无论自己怎样步步为营，小心翼翼，也照样会输得一败涂地。

如果我没猜错，你在医院细心照看她的那几天，就是你跟我说回哈尔滨的那几天。

许安年，你不知道吧？当你说哈尔滨那么美的时候，我就在想：爱一个人是不是也会爱他生活的那个城市呢？后来我想一定会的，于是在你说上车后，我也买了下一趟去哈尔滨的火车票，我准备到那儿给你一个惊喜。

可到了哈尔滨，我刚找好旅店打开电视就收到了你的短信，那个时候我就知道你根本没回哈尔滨，你只是看了《天气预报》对我撒了一个谎。

因为，那一天，哈尔滨根本没有下雪。

★青春成长箴言

曾有人说，生命中最遗憾的，不是相见恨晚，而是在我最无能为力的时候，遇到了想要照顾一生的人。

当你喜欢一个人时，便愿意为他（她）付出真心，将自己拥有的一切都奉献给喜欢的人。然而，在爱情中付出和回报从来都不成正比。

你喜欢的人，不一定能和你举案齐眉，白头偕老，尤其是在那样的花样年纪。当你遇到感情挫折时，要报以坦然、释怀的心态，只有放下这段失败的感情，才能接近真正的幸福。

面对青春的美好往事，你大可告诉自己："没有辜负青春便是好的。"

七、时光未曾苍老

青春很短,回忆却很长。我们携手并肩一起走了这么多年,褪却儿时的稚嫩,成长为如今的少年。回首沿途的风景,不禁感慨万千,原来一切都在变,包括我们的容颜。唯一没变的是,我还在你身边。

1. 你呀，就那点儿熊能耐

和李婉从教学楼出来的时候，我一眼就望见了王文力，他背靠米黄色的小楼，右脚微微向后弯起抵着墙壁，嘴里叼着一支烟，却并未点燃，只上下摇晃着，看起来就像一个玩世不恭的小混混。

看到他这副模样，我不自觉地撇了撇嘴，没有搭理他的意愿，于是便拉着李婉准备绕道而行。可就在这时他突然抬起头来，看到了我。他吐掉嘴里的烟，朝我挥了挥手："家闺，是我，是我！"说着，大步流星朝我走了过来。

我自知已逃不掉，无奈地叹了口气，仰起头来，嘴角微弯成45度，给他一个完美的微笑，问："你怎么会来这儿？"

"我来接你呀，刚刚下班呢，你看哥哥我对你多上心。"他一副嬉皮笑脸的模样。

听他这么一说，我才注意到他身上那脏兮兮的工作服，和他那张布满尘土的脸。刚想说点什么，却被旁边一直被忽略的李婉抢先了："家闺，他是谁？不会是……"

一听她拖长了的语调，我连忙摆手："可别瞎想，我们……"

"她男朋友！怎么，家闺都没跟你提过我吗？"王文力那家伙纯属演技派，他那煞有介事的样子，立马就把李婉骗到了。

我站在一旁咬了上唇咬下唇，都不知如何开口解释。

李婉嘴巴都张成了"O"形，几秒后才慢慢收回，然后眼神怜悯地看着我，拍了拍我肩膀："家闺啊家闺……"紧接着，发出一阵叹息。

她省略的话不说我也知道："你怎么找了个这样的男朋友？是不是出门没戴眼镜？这好好的一朵鲜花就这样插在牛粪上了！"

我看王文力掩嘴偷笑的模样，也懒得跟李婉解释什么了。随后我扯着王文力的袖子转身就走，并低语道："你给我等着……"

"那个，我跟他先走咯。"我侧过脸对李婉说。

远离了李婉的视线后，我立刻显出凶相，咬牙切齿地对王文力进行攻击——我拧人的功力可是从小练出来的，看他被我拧得龇牙咧嘴的样子，我的心才痛快。

"错了！错了！闺姐姐，闺奶奶……"直到他开口向我求饶，我才就此罢手。

为了向我表示歉意，回去的路上他在水果摊给我买了香蕉。

我一口一口吃着绵软的香蕉，对他的表现颇为满意，正想夸夸他时，却听见他说："所有水果就香蕉最便宜，一块五一斤，那苹果三块多一斤呢……"

我一听，嘴里的香蕉还没等咽就滑进了嗓子里，顿时猛咳起来。我咳得满脸通红，他着急得一直拍我的后背，终于缓过来时，他舒了一口气，还拍拍胸脯："你可吓死我了！这要是请你吃香蕉把你卡死了，算个什么事儿！"

"你还好意思说！小气死了，懒得说你了！"我顺顺气，吃下最后一口香蕉。

"今天跟老板吵架了，我赢了，赢得特别威风，全厂子的人都

七、时光未曾苍老 ☆

在看我！"王文力咧嘴一笑。我轻"哦"了一声，说："然后呢？"

"然后老板就把我炒了，还没给工资。"他那个脸就跟变戏法似的，瞬间暗淡了下来。

我的心"咯噔"了一下，然后装作很大方的样子，大步走在他前面："没事儿，都是小事儿，工作就像香蕉皮，就当它是你扔掉的！"说着，我就把香蕉皮朝身后用力一抛。

我还没显摆出自己多潇洒，多会比喻，多会安慰人呢，身后忽然就传来一阵恼怒的尖叫声。

我回过头去，看见一个虎背熊腰的中年男人从自己肩膀上拿下香蕉皮，怒气冲冲就朝我冲了过来——他朝我骂骂咧咧扬起手时，我还傻愣在原地，倒是旁边的王文力一把抓住他的手，特男人地说了一句："干啥？没看见旁边还站个人呐！"

那一刻，我真是觉得他帅极了，于是满脸崇拜的神情。可谁知，下一秒，他狠推开那个男人，一把拉起我的手，开始一路狂奔，那速度赶上汽车好几十迈了。

不知跑了多久，感觉已经安全时，我们才敢停下来，弯着腰，双手杵着膝盖呼哧呼哧喘着粗气。

几分钟后，他"扑哧"一声笑了，自豪地说："看吧，哥惜命，所以有事儿绝对跑得最快，无人能及的快，哈哈……"

我侧脸看他，满眼鄙视："你呀，跟小时候被雅薇欺负时一样，就那点儿熊能耐！"

本来还在嘻嘻哈哈的他，听见我这么一说，忽然间就静默了下来，神情有些悲伤。我忙捂住自己的嘴，都怪自己，怎么顺口就提起了她呢。

2. 多少过去成追忆

我和王文力是邻居，从小一起长大，算得上标准的青梅竹马。老一辈的人在我们很小时就给我们定了娃娃亲，所以小时候我常听见有人对我说："小家闺，快快长，长大给小文力做媳妇咯！"

那时小，也不知这是大人在逗自己，于是我总是应声道："好啊，好啊……"

"不好不好，我才不娶你做媳妇……"王文力小嘴儿一撇，"妈妈说你总尿床。"

大人们一听，瞬时笑得前仰后合的，我羞得满脸通红，眼睛里被小水珠铺得满满的，憋了几秒终是忍不住哭了："王文力，你个大坏蛋！我以后再也不跟你玩儿了！"说完，我就跑了，留下一脸傻愣愣的他不知如何是好。

我跑到村里一棵最大的榕树下呜呜地哭着，我知道过一会儿他就会跑过来哄我。倒不是他自己愿意，只是那帮大人总会"苦口婆心"劝他过来哄媳妇。

果然，没过多久他就来了，我倔强地别开脸不肯理他。

"家闺，我错了！别哭了好不好？大花脸，不好看，没人要……"他笨拙地哄着我。

我听到这话，哭得更厉害了："是啊，没人要，你也不要……"

"我要，我要……"

"真的？"

"真的！不骗你！骗你是小狗！"听他说得那么认真，那么信誓旦旦，我终于仰起头看他，破涕为笑。他的小眼睛像天上的小星星一般亮晶晶的，还朝我眨了眨："家闺，你笑起来真好看！"

被他哄开心了，我们就沿着河堤开始往回走，途中他摘了好多漂亮的毛毛给我，那种底部粉红的毛毛握一大把在手里真的特别好看。我拿着毛毛蹦蹦跳跳，身后他一直在喊："家闺，家闺，慢点儿，慢点儿……"

我停下脚步，等他赶上来时，他呆呆地瞅着我，突然"扑哧"一声笑了。我被他突如其来的笑弄得有点莫名其妙，于是满脸困惑地看着他。

"家闺，家龟，你说你爸妈怎么给你起了这么个名字？难道是想你跟乌龟一样活得长久？"说完，他捂着肚子开始笑了。

他的话一下子又破坏了我的好心情，我扬了手里的毛毛，冲他"呸呸呸"，说："你懂什么？家闺，是大家闺秀的意思。"

"哦……"他的声音拖得长长的，"原来是这样。"

"对啊。你呀你，没文化真可怕！"我把嘴噘得老高，一脸鄙视他的模样。

其实，小时候我们常常这个样子，哭中带笑，笑中带哭。

王文力那小子不知气哭我多少回，可每次他都会找到我，然后低声下气向我道歉，哄我开心。我也挺没心没肺的，抹干眼泪，还是跟他一起打打闹闹。我们一直挺和谐，原以为可以这样一辈子呢，直到14岁那年雅薇的出现才有所改变。

那天，齐雅薇跟在老师后面走进教室时，大家一片议论，坐在我旁边的同学用手肘捅捅我说："家闺，她长得可真漂亮！"

马尾辫，瓜子脸，模样清爽干净，是挺漂亮的一个小丫头。

这是我对她的第一印象，可下一秒，她却说道："大家好，我是来自城里的齐雅薇，很多人都说我漂亮，也有很多男孩子都喜欢我，可妈妈说现在我还不能谈恋爱。"

我的下巴都快掉在地上了，现在城里人都这么开放吗？

台下同学的起哄声更大了，我都觉得自己的脸涨得通红。可站在讲台的她居然还是一副悠然自在的模样，还笑了笑，接着又说："不过，喜欢我的男孩子都可以和我成为好朋友。"

刚才我对她的好印象瞬间破灭了，我朝她翻了几个白眼，心里感叹：这世上怎么会有这么自恋的女孩子？轻轻别开脸不再看她时，余光却扫到右侧身后的王文力，他双手撑着下巴，两只眼睛盯着前方炯炯发光。一看就知道，是被魔女勾了魂魄。

一个礼拜后，我知道了齐雅薇的来历，她原来的家在城里，有个工薪阶级的爸爸，和一个全职家庭主妇的妈妈，过着极为平淡的小日子。可就在前不久，她的爸爸跟一个离了婚的小富婆好上了，就抛弃了她和妈妈。她的妈妈在城里无法独立支撑这个家，迫于无奈才带她来到乡下，恰巧住在了我们屯里。

从那天开始，王文力那个见色忘义的小浑蛋就对雅薇动了心思，成天围着她转，比地球围着太阳转还要勤快。他那个样子让我不由得想起了五个字：致命的诱惑。雅薇那个小丫头也不知给他灌了什么迷魂汤，把他迷得神魂颠倒的。

当时正值9月末，太阳还是火辣辣的，我咬着冰棍缩在屋子里

七、时光未曾苍老 ☆

看电视，不经意间看见王文力拿着什么东西从窗下经过。

我以为他是来找我的，于是叼着冰棍就冲到了门外。可惜我想错了，他不是来找我的，他甚至没有瞧见我。

我跟着他一直走，见他走到雅薇家门口，扯着嗓子召唤她出来。雅薇一袭粉红色小裙站到他面前时，他咧开嘴笑了，把手里热乎乎的苞米递了过去，说："给你，这是我家刚煮好的，特别香，你尝尝！"

雅薇高傲得像个公主，根本没伸手去接，只淡淡地说了两个字："不要。"

王文力抿抿小嘴，一副可怜巴巴的样子，随后就把苞米硬塞到雅薇的手里："你吃吃看！真的很好吃，不骗你！"

谁也没想到，他话音刚落，雅薇就把苞米扔在了地上，一脸厌恶与嫌弃："说了不要就不要，你怎么那么烦人？讨厌鬼！"

她这么一说，王文力的眼泪就吧嗒吧嗒地掉了下来。

躲在一旁的我实在看不下去了，于是大步跨上去，冲着她开吼："有你这么欺负人的吗？你以为你是谁？丑八怪！"说完，我就看见她气得由白变红，由红变紫的小脸，然后我得意扬扬地"哼"了一声，拾起地上的苞米，拖起王文力的手，渐渐远离了她的视线。

我们还是去了那棵大大的榕树下，秋天了，树上的叶子都开始泛黄。王文力那个笨蛋还在没出息地抹眼泪，我越想越生气，于是就训他："哭！哭什么哭！就知道哭……以前欺负我，眼巴巴看我掉眼泪时不挺厉害的吗，现在倒受别人欺负了！"

"那不一样，我喜欢她……"半天，他终于吭声了。

我忽然就悲伤了，眼泪也开始止不住地往下掉："是啊是啊，你喜欢她，你送她这个送她那个，天天变着法子地逗她开心，你以为我不知道吗？你这煮好的苞米是在我家地里偷的，为了她，你啥都做尽了……"

王文力看我这个样子，霎时就不哭了，他红着眼睛看着我："家闺，你怎么也哭了？你别哭，我把苞米还给你还不成。"

我看着手里已沾满灰尘的苞米，哭得更大声了。随后，我把苞米扔在他怀里，一个人跑出很远很远。

3. 小时候不懂爱

王文力就是不长记性，那天过后，他对雅薇的态度一如既往，雅薇对他的态度依然冷淡。而我和雅薇更不用说，总是大眼瞪小眼，谁也瞧不起谁。偶尔，还因为王文力吵得天翻地覆，不可开交。

时间一点点就在我们的指缝中溜走了。

初中毕业后，我们平稳地升上了高中。当我扔掉穿了三年的校服，终于换上一套新装时，心里别提有多开心了。

18岁时，我的个子微微高了起来，但依旧留着清爽的学生头。而雅薇呢，已经把马尾辫撤去，让长长的头发披散下来，这样就显得更加妩媚动人。

只有王文力好像还是那个样子，成天只会傻乎乎地笑，把雅薇奉作女神，对她马首是瞻。

看似一切好像还是那个样子，就像火车还在轨道上一路前行。殊不知，某一天一切变换了一番模样，火车也"咔"的一下扭头换了轨道——接下来发生的事，让我措手不及。

忘了是哪天的午后，我和同桌在一起共进午餐。正吃得津津有味的时候，雅薇迈着轻巧小碎步，屁股一扭一扭地就进来了，身后还有个小跟班，不用想也知道是王文力。

这么多年，我早已见怪不怪了，扫了那么一眼后，我又低下头继续扒饭。

这时，雅薇绵软的声音就响起了："王文力，我们在一起吧，看在这么多年你对我忠心耿耿的份儿上……"

接下来的话，我都没听下去。

这是什么措辞？我怎么越听越像哪个主子在夸奖自家的小太监，一想那副情形，我嘴里的饭都卡在嗓子里难以下咽了。

王文力一听可乐了，这家伙终于守得云开见月明，近水楼台先得月。他一连说了好几声："好啊！好啊！"

他眼珠子激动得都快蹦出来了——看那情绪，要是地方允许，他还不得把雅薇抱起来转个几十圈。

几分钟后，他总算是平静了，可教室里的同学平静不下来了。是啊，雅薇这朵大家注视多年的班花，第一次恋爱居然给了这么一个大众化的人，看那些男同胞能杀人的眼神，八成在心里捶胸顿足地大喊："苍天不公！"

要说王文力那种人就是没自觉性，不知道别人恨得牙直痒痒的心理，还在教室里大秀起恩爱来——每天送便当也就算了，居然还拿筷子一口一口喂她。看他用筷子夹起一口饭，跟喂小孩似的对雅薇说："啊……"

我胃里的食物都开始翻腾了，实在看不下去，扔下筷子，扭头就往教室外走。经过雅薇身边时，看她投射过来的眼神，我心里也就有数了：她说那些话，无非就是为了气我。

我是这样想的，可没想到这两个人是认真的。这下可好，王文力本来就对我爱答不理的，现在恋爱了，我这个人在他心里估计都没影儿了。

想想以前偶尔雅薇不在，或是他在雅薇那儿受气时，还会跑来找我。可现在呢？我终于明白什么叫形单影只了。一个人往家走时，愤愤地踢着路边的小石子，觉得什么青梅竹马，都是狗屁！

天天看他们腻歪在一起，我的耳朵、眼睛都开始学会自动过滤了。然而他们的幸福小日子也没有能长久，因为雅薇忽然又要转学回城里。她上车走的那天，王文力拔着脖子朝那辆车望啊望，直到那车没了踪影，他还一动不动地站在那儿。

原来雅薇的爸爸不是不爱他的家，他早知那个离婚的小富婆得了癌症，抛妻弃女跟她在一起，就是等她死后好继承她名下的遗产，然后再接回妻女共度好日子。

年少的爱情至此就终结了，这是我所以为的。可是王文力并没有就此放弃，就像他说的："那可是我的初恋，刻骨铭心，粉身碎骨的初恋！等了那么多年，念了那么多年，想了那么多年……"

他说的话，让我知道什么叫做语不惊人死不休了。我想，八成他是疯了。

果然，我的料想是对的。过了两个月，当他跟我提出要坐火车去大连见雅薇时，我真的被吓着了。

当时，我们家境都不好，每天手上只有几块钱，还都是不知说了多少好话左磨右泡得来的，现在上哪儿去凑钱坐火车啊！

我这么跟他说的时候，看见他的眼光瞬间黯淡下来。

一连好几天，他都神情恍惚得像丢了魂儿似的。

真看不惯他那没出息的样子！我咬咬牙，跑回家里，在炕席底下翻出爸爸藏在那儿的100块钱，然后回学校找到他，把钱拍在桌子上："喏，你去吧！"

他盯着那鲜红的100块钱咧开嘴角就笑了，然后激动地抱住我："家闺，你简直就是我的再生父母！"我愣了一秒，然后笑了，轻轻推开他："好啦好啦，我可不愿意当你后妈！"

他继续笑着，也没问我钱到底从何而来，兴奋劲儿半天不减，我真怕他突然"嘎"的一下抽过去。

过了一会儿，他总算平静了下来。当他伸手正要收起钱时，我忽然想到了什么，又将钱一手拍下。他一脸疑惑地看着我，我说："不行！你自己去我不放心，人生地不熟的，我要陪着你……"

他看了看我，想想也是，可又看了看桌上的钱，问我："100块够吗？"

"看看再说吧！"

我们选在周五的晚上，搭了个小三轮就直奔火车站而去。到了火车站，才发现这里人山人海，几乎快要把我们淹没。王文力死死拉着我的手，生怕我被人群挤散。

我们到了咨询处一问，单程火车票价48块，两个人的话就是96块，还余下4块。王文力看看我，手里紧攥着那100块，我也看看他，不约而同地笑了，乐不可支。

我们买了晚上八点多的火车票，说是明早就能抵达大连。上车前，我们在小商店里买了一袋面包和一瓶水，面包一人一半，就当作了晚餐，又各自喝了几口水。

上车以后，我们找到自己的座位，透过车窗看外面的景物频频往后倒退，心里有种说不出来的感觉。头一次，离开肇东，离开我们的小屯子，还是去那么远的地方。

不多久，我的眼皮有些沉了，再看看旁边的王文力早就杵着胳膊睡了起来。我把头顺势一偏，倚靠在他的肩头，也渐渐睡去。

4. 原来初恋不可靠

火车整整开了一夜，我们睡得还算安稳。凌晨5点，我们在乘务员的叫喊声中醒来。下了火车，出了站口，我们一下子就被眼前的高楼大厦惊呆了，傻傻地看着火车站楼顶上那两个大大的字：大连。我仰着的脑袋都快要贴到后脖颈。

"原来城里是这个样子，真好看。"我不禁感叹，然后又环视着周围的一切。王文力也应声道："是啊，咱们两个小乡巴佬也算见了世面。"然后，我们两个相视一笑，笑得贼兮兮的。

我们没有多余的钱，舍不得坐车，只能向行走的路人打听齐雅薇所在的学校，然后徒步而行。

和你在一起才拥有全世界

我都不知道，大连原来这么大，光是找雅薇的学校我们就走了整整一上午，还有路人在我们询问时露出惊讶的表情，说："你们要走到那儿？我劝你们还是打车吧！这算是近的了，要是再远点，估计你们得走一整天。"

我一听，大脑瞬间就有些晕眩了。要走一天啊？那是个什么概念……饥肠辘辘的我们哪里能有那个力气，好几次我都蹲下身去，可怜巴巴地看着王文力，可每次他都用手将我拉起。我知道，谁也抵挡不了他那份着急见到雅薇的决心。

好在我们终于到了，当看到"大连第一中学"几个字时，我终于深深吐了一口气，整个身子显得绵软起来，最后也顾不得什么形象不形象的，干脆一屁股坐在马路边，就差没仰躺下去。

王文力那个家伙还扯着嘴角朝我笑了一笑，做出一个"V"的手势。随后他坐到我旁边，也微微地喘着气，看看手中瓶子里就只剩下一口水，拧开瓶盖。

我以为他要一饮而尽，谁知他只是沾了沾瓶盖里的几滴水，润了润嘴唇，然后把瓶子递给我："你喝吧，只剩一口了。"

"算你小子还有良心。"我口干舌燥得已不想再多说话，接过瓶子就咽下了那口水，瞬间感觉舒服了许多。

我们在路旁一直干坐着，现在正值午后，太阳美滋滋地释放着自己全身的热量。我仰头望望天，还真是让人燥热难耐。

忽然间，王文力猛地把头转过来，直勾勾地盯着我，半天才说："家闺，我就知道雅薇读这个学校，但不知她在哪个班！"

我真是高估了他的智商，雅薇走的那天怎么不问呢？王文力很苦恼地还在冥思苦想这个问题，我却忽然意识到，这能不能进学校大门还不一定呢，这城里可不比乡下。

我们休息够了，试探性地想要往里走时，果不其然，被看守大门的伯伯拦了下来。我们先是撒谎，后是恳求，最后横冲直撞往里冲，只可惜都无济于事。于是，我们只得选择下下策，守株待兔地坐在校园门口等，这一等又是一下午。

5点左右，开始有学生零零星星地往外走，我们双眼扫视着每一个走出来的人。后来人越来越多，让人看得眼花缭乱，可我们一刻也不敢懈怠，眼睛还是死死地盯着，生怕错过了雅薇。

后来人群渐渐少了，我看王文力脸上的失落感越来越明显，于是安慰地拍了拍他的肩膀。他扭头过来笑得有些难看："你说，雅薇是不是已经走了，我们没看到她，她也没有瞧见我们？"

"不会的！我们看得那么认真，不会的！"我摆摆手，说得很笃定。

就在我们还在辩论这件事的时候，雅薇突然出现了——蓝白相间的校服，披散的柔软长发，又漂亮了些许。

王文力看到她，双眼马上就大放异彩，我还没做出任何反应，他就冲了上去："雅薇，雅薇……"

"你怎么来了？"雅薇看到他的表情有些诧异，随即皱了皱眉头。我也跟了过去，来到她面前，就在这时，一个高高瘦瘦的男孩子走了过来，站在雅薇的身边。

"我想你了！这两个月都吃不好睡不好，都快相思成疾了。"王文力那个家伙把"想念"说得那么赤裸裸，完全没注意旁边人的存在，我听了耳根子都觉得发烫。

旁边那男生更是愣了一下，然后问雅薇："这是谁？"

七、时光未曾苍老 ☆

雅薇尴尬地笑了，好像面对这种情景有些不知所措。

我们三个全注视着她，半晌，她才开口，磕磕巴巴地说："乡下同学，从小一起长大的朋友而已。"说完，又看向王文力和我，"他是我的好朋友。"

我现在算是明白了，才短短两个月她就变心了，枉费王文力那个傻子还对她朝思暮想，为了她，还想方设法坐火车来到这里，可她却早已把他当成过去，抛到九霄云外了！

我越想越来气，尤其是看到王文力现在那张绛紫色的脸，忍不住就想嚷嚷一番，却没想到王文力紧紧抓住我的手，抬起头冲雅薇一笑说："家闺现在是我女朋友，她天天吵着说想你，拗不过她，就只好带她来了。"说完，还问我，"是不是，家闺？"

明知道这些话要多假有多假，可我硬着头皮也得把戏演下去。我也笑了，说："是啊，这么多年了，能不想吗？"

"呵呵……"雅薇轻笑了几声，把视线投向我，"其实，我一直觉得你们挺相配的，如今在一起了，就好好珍惜吧。"

"是呀，雅薇你也得好好的，我们都好好的。"王文力那张皮笑肉不笑的脸真难看，这些话也不知他是如何说出口的。

雅薇没再与我们多说什么，很自然地挎着那个男生的胳膊，对我们说了声"拜拜"就扬长而去。

之后，王文力的眼眶就红了，他抓着我的手那么用力，好像把所有的悲伤都倾注在了那只手上。

我默不作声，就这样陪着他。

过了一会儿，他泪眼蒙眬地看向我："家闺，你说，那个是雅薇吗？我怎么觉得一点儿也不像呢……"听完他的话，我的鼻子就有些酸了。

我们沿着来时的路开始一步步往回挪，这一次却没有感觉那么累，或许人在悲伤的时刻，可以把很多东西都淹没。此时，我们两人的落魄样子，就像旧社会里的小流浪汉。

终于又回到了火车站，这时我才恍然意识到，自己只准备了来时的车票钱，却没有准备回去的。

我满眼失落，从来没觉得自己会这么困窘。看了看失魂落魄的王文力，我的心里更不好受，我知道，他是没心思顾及能否回去的事了。

看来一切只能靠我。我在站前着急地来回踱步，左思右想，脑袋都快要爆炸了，最后才想到我们可以趁着混乱而拥挤的人群挤上火车，应该不会有人发现。

我们逃票上了火车，找到一个小角落缩在一起，一切都很顺利。从离开大连到现在，王文力始终没有再开口说一句话，脸上的表情也很木讷。我叹了口气，真的感觉倦了。

火车开了很久，我们终于到了站，下车后就开始往家里走。我们根本想不到，迎接我们的是一场狂风暴雨。

家里莫名其妙就丢了100块钱，我也与此同时消失了一天两夜。回到家里，爸妈急得眼眶都红了，以前有些花白的头发，现在显得更加凌乱。

本来他们气得暴跳如雷，还商量着回来要对我皮鞭伺候，可一看到我这副小可怜的模样，除了骂上几句，怎么也下不去手，于是也就这样算了。

真正被皮鞭伺候的是王文力，他回到家，被他爸拿着平日里系裤子的破旧皮带抽了好几下——他满屋乱窜，那晚隔着墙壁我都能听见他号啕大哭的声音。他爸一直追问他去了哪里，他就是不肯说去找雅薇了，他爸气得就一直打一直打，后来他也不躲了，干脆跪在地上，说："你打吧，打死我，打死我就好了！"一句话，就把他爸也气哭了。最后，也终于停了手。

回来以后，王文力的状态就没有再好过，我看他这般模样，再也没敢在他面前提起"雅薇"这个名字。就这样，两年就晃晃荡荡地过去了。

高中毕业考试还有半年多的时间，王文力就决定终止学业，背井离乡地出去打工拼事业了。

那天下着蒙蒙细雨，我看他往自己的小箱子里收拾东西，便问他："你真要走？"他用力地点点头，一副已经下定决心的样子。我知道自己拦不住他，又问："那你去哪儿呢？"

"不知道。"他是这样回答我的。可一个月后他在远方给我打来电话时，告诉他在大连这个城市，我不由得笑了。

我早料到，他会去那里。没再多问他什么。

熬过高三下半年的黑暗岁月，我终于解放了！

凭着我的成绩在家乡念个好大学不成问题，可填报志愿时，我的心思就活泛了，鬼使神差地就填报了大连的学校，还一连填了三个。

毫无意外，我顺利被一所学校录取，来到了这座曾经和王文力一起踏足过的城市。

过去至今，回忆起来也就是这个样子。

5. 社会是个什么样子

"香蕉皮事件"过后,我就再也没见过王文力,再加之入学不久,系里面各种活动连番开展,刚进入广播站的我忙得不可开交,自然也没时间去找他。可奇怪的是,他居然也没像刚来时对我那样勤快了,一晃儿也有半个多月没见面。

某一天,骆北辰在走廊里拦下我,问我:"什么时候能写完稿子?"

忘了说,我是学校广播站里的一个小编辑兼小记者,负责收集整理资料,并书写成文字;而骆北辰就是接应我的广播员,我写的东西都是由他声情并茂地朗读的。他经常说,我写的文字,很有感情,很有味道,像诉说着很多故事。还有就是,他很喜欢我。

我冲他歉意地笑了笑,说:"不好意思,最近写不出这些东西了,总不能滥竽充数,你说是吧?"

骆北辰笑了笑,说:"你就找借口吧!要不今晚你来广播站,我陪你写。"

"这个……还是算了吧!要不明天晚上,我把稿子给你!"

"那好吧。"看起来他对我的回答有些失望,可我没工夫研究他的心理——我准备去王文力那里搞一次小小的突袭,顺便给他一个小小的惊喜。

和你在一起才拥有全世界

可突袭过后,我后悔了,还不如跟骆北辰那个小帅哥去广播站花前月下,谈人生,论感情,写稿子呢。当然,那都是后话了。

每年我都一直记着 11 月 8 日,这个日期深深印刻在我的脑海里,因为这是王文力那个浑蛋小子的生日!这么有纪念意义的日子,我能忘吗?

一路走来,我的小心情那个愉快,一想到王文力感动得一把鼻涕一把泪地抱着我的大腿猛摇,大喊着"家闺家闺,你真好"时的那个表情,我就心花怒放,于是小步子迈得更快了。

可事实往往背离想象,当我走到王文力的出租房门口,推开房门的那一刹那我就愣了。看着床上衣衫不整的两个人,我站在原地跟个傻子似的一句话也说不出。

这么狗血的剧情落在我身上,我却演绎不出它的味道——这算是捉奸在床吗?可我跟他们有什么关系吗?这太狗血了!

破口大骂,身份不对;转身就跑,时机已过。可我也不能干愣愣地在这儿看着啊,那算什么呀……

半晌过后,我终于开口,一脸镇定自若的模样,一本正经地对他们说:"快点儿收拾一下吧……"然后,退了一步,顺手就将门带上。红着脸在门外捂着受惊的小心脏喘粗气时,看到这副情景,我突然觉得自己很像西门庆跟潘金莲勾搭时,在一旁通风报信的老王婆。

没过多久,刚刚还躺在屋里床上的姑娘就出来了,软皮夹,黑丝袜,外加小高跟,风情万种的模样。她斜眼看了看我,鼻子轻"哼"了那么一声,随后扭搭扭搭就走了。

我再次进了他的屋子,他穿着四角裤,嘴里叼着一支刚刚点燃的香烟，悠闲地坐在床上，紧靠着墙壁，微微抬眼："家闺，你来了。"

"她是谁？"此时我的脸冷得都快结冰了，可他好像还是那么一副事不关己的模样，佯装思考地说："王什么……哎，不对，还是李什么来着……"

"浑蛋！敢情这些日子没来找我，是陪这个小狐狸精了，亏我还想着过来给你过生日！"

"哎呀，家闺啊家闺，我知道你最好了！不过你只说对了一半，不是一个，是好几个呢。"王文力掸掸烟灰，把视线转移，落在了右下角的地板，"你不知道，社会就这样的。"

说完，他就开始滔滔不绝地跟我讲述他多年的情史，笼统地说了那些女孩子的大概人数，细致地讲述了那些床上之事，最后还用一句话总结："虽然我记不住她们的名字，但我们是快乐的！"

我都不知道，雅薇那段刻骨铭心的初恋对他打击这么大，居然堕落成了现在这个样子。

我纯洁的小心灵，一下子就被伤得透心凉。我咬牙切齿，紧握双拳，听他说着这些都不知如何泄愤，憋了半天，终是忍不住狠狠一跺脚，踩在了他的脚背。

听他"哎哟哎哟"直叫唤，我牙缝里蹦出两个字："流氓！"然后就转身大步流星往外走。

身后传来他的声音："哥是纯洁的！纯洁的……流氓……"

脸皮真厚，都赶上几十堵城墙，密不透风的。

心情超级糟糕的时候怎么办？作为一个女生，通常要么胡吃，要么海喝，要么在大街上就地撒泼……我比较理智，所以选择了第

七、时光未曾苍老 ☆

二种。但一个人喝酒是很苦闷的一件事，得有人陪才行，不然满肚子委屈，满肚子牢骚跟谁说！

李婉那个丫头是彻底没指望了，这时肯定在跟她的男朋友恩恩爱爱，不知在哪里干啥呢——哎呀，完蛋了！我怎么能有这么猥琐的思想，肯定是刚才被王文力那个混小子给洗脑了。

大学生活还没混多久，电话里也就存了那么两个人。不知怎的，我就想起骆北辰来了。

我们约在学校附近的小酒馆，他来时，我都已经是半醉半醒的状态——看着他的脸，都出现好几个影子了。他一脸担心："韩家闺，你没事吧？"

很少听见有人叫我的全名，我放下酒杯，说："没事没事，我能有什么事呢？"然后忽然就冒出一句，"骆北辰，你说，你说这个社会是什么样子呢？"他被我不知从哪里扯出来的问题给弄愣了，没等他说，我自己回答："不成样儿了。"

然后我又问："你说，人是啥样子？"又没等他说，我说："人模狗样儿呗。"说完，我又点了一杯扎啤。骆北辰从我手里夺下扎啤，说："够了，你再这样下去，我就得背你回女生宿舍了。"

结果还真是这样，他给我结了账，二话不说就背起我。我身子瘫软得像一团烂泥，趴在他温暖的脊背上，忽然觉得很安心。

就这样走了一路，我们彼此都没有说话。没想到的是，到了校门口，我居然听见了王文力的声音。睁开醉蒙蒙的双眼，看他走了过来，语气相当不友善，对着骆北辰说："你干吗啊？放她下来，想乘人之危啊！你还是个男人吗？"

骆北辰今天算是倒了大霉，碰上这么一个烂醉如泥的我，又撞见这么一个蛮不讲理的他。还好，骆北辰行事作风一向稳健，他面无表情地看着王文力问："你是谁？"

"我是谁？家闺，你告诉他我是谁！"看王文力那个样子挺洋气，挺霸道，不知道的还以为哪个长官在下命令呢。

我别开脸："你是谁我哪知道，流氓，混混，还是小阿飞？"

在昏黄的灯光下，我还能瞧见他那气得煞白的脸。顿了几秒，他开始上手拉扯着我，想要从骆北辰手里把我抢过来。

骆北辰也不是吃软饭的，自然不允，于是就出现——在漆黑的大半夜，"两男夺一女"拉拉扯扯的场景了。

突然，王文力大喊一声："她是我女朋友，给我！"那语气不容置疑。

真搞笑，又拿出多年前在雅薇面前上演的那一套！不过这次，我可没有配合，我说："谁是你女朋友？话不能乱说！你看清楚点儿，我不是齐雅薇！"

这句话的杀伤力可不是一般的大！齐雅薇，这三个字可是禁忌，平常开玩笑都不能说，更何况是现在这种场景，这种气氛。

果不其然，王文力的脸都绿了，那眼神也快喷火了。可也就那么一会儿，他怒气散去，眸子里开始透出悲伤的色彩。接着，他有点自嘲似的说道："是啊，你不是雅薇……我也没必要管你，也管不起你……"说完，就转过身去，一个人默默地走了。

骆北辰还背着我站在原地，我看着他越走越远的背影，心里有说不出的伤感。

"其实……你们认识吧？"骆北辰说。

我没回答他，可这一句话，却让我应声掉下泪来。

七、时光未曾苍老 ☆

6. 走，我们回家

又一个月过去了，对我而言，过得还真是极其缓慢。在这段时间里，好像跟王文力断了联系一般。

我怎么也接受不了，从小一起长大的他，现在居然过着如此浪荡的生活。

他以为自己是微服出宫的皇帝，想要处处留情啊？他怎么不想想，一份情，一笔债，岂是说撒手就撒手？说痛快就痛快？

李婉百无聊赖地趴在桌子上，看着正奋力写稿的我，眼神飘飘忽忽的。我用余光看了看她，她就开口了："上次在校门口接你的他，真是你男朋友？"

"不是。"

"哦，好久没看到他了。"

"死了。"

"哎，你这个月咋啦？跟吃了地雷、炸药似的。"

"没事。"

以上就是我和李婉的简短对话，我总共说了六个字，就把她那张小脸气得红扑扑的，像刚出锅的螃蟹。

我看她这样，忍不住"扑哧"一声笑了。没想到就在这时，手机忽然"叮"了一声，有短信来了。

我死都没想到会是王文力发来的短信，看了内容，更是让我觉得莫名其妙。

"谁呀谁呀？"说着，李婉一下子夺走我的手机，把短信念了出来："哥去沈阳泡妞咯！共度浪漫激情夜！"

这下可好，她自己读完脸都红了，我就知道她这个小纯情派是受不了这么暧昧的成人话语的。她把手机又扔给我，说："什么呀，发短信的是谁？他什么意图？变态！"

我又乐了："对，就是变态！哈哈……"

什么意图嘛，我怎么知道，总不会是为了气我，或是让我吃醋。想着，我自己就笑出了声，这种事怎么可能？

从王文力给我发短信那天起，到现在，我掰着手指头算都已经六天了。难道他打算在沈阳定居不成？还是沉迷于女色，被女人榨干精气爬不回来了？

临近傍晚，又到了给广播站送稿子的时间，我伸伸胳膊，伸伸腿，从书桌里翻出写好的稿子就开始移步广播站。还没走到走廊尽头，李婉那个丫头就一阵风似的追了过来："家闺，电话！"

不知怎的，我忽然就想到了"飞鸽传书"，不过，这只鸽子有点大。

我接过电话，按下接听键，王文力那好死不死的声音就隔空传来了，居然还是哭腔："家闺，我被人揍了，鼻青脸肿的。"

还没等我说"活该"，他又开始说上了。

絮絮叨叨半天，没有一句话是完整的，连个逻辑都没有，我开始怀疑他是不是被人打傻了。最后，还是我自己把他的话挑肥拣瘦整理出来，才明白是怎么回事儿。

七、时光未曾苍老 ☆

207

和你在一起才拥有全世界

故事大概是这样的：早已摒弃QQ、微信等正常社交软件的王文力小浑蛋，在某"约人"软件上面勾搭上沈阳一女孩，之后两人聊着聊着就萌生了感情，感情有了就想要见面，见面后就天雷勾地火，一发不可收拾。

本来，感情不就是你情我愿的事吗？可后来女孩子觉得吃了亏，便找了街头一帮小混混，于是惨剧就这样发生了。

王文力越说还越来劲儿了，我估计电话那头的他眼泪还不得哗哗地流。我听着心里难受啊，但也不知该说些什么。最后，他说："家闺，六天了，你算过日子没有？我都想你了……"

就这么一句话，我的小心窝就开始绞痛，心里特不是滋味，特想哭。我咬咬牙，说："王文力，你等着……"然后"啪"一下就挂了电话。

我也不去广播站送稿子了，转个身就风风火火往宿舍里冲，李婉都被我吓坏了。可我哪顾得了这个，冲进宿舍，我一把拽起包又往外冲。

在校门口，我大手一挥拦下一辆出租："快，火车站！"

那司机看我的样子，还以为我家遭遇了多大变故呢，立马加大油门，开得跟飞似的，不到半小时就到站前了。

我买了最近一班的火车票。进站上了车，我便安心下来，趴在小桌上沉沉地就睡着了。我还做了个梦，梦见了王文力那个小浑蛋一直哭一直哭，特没出息的样子。

一觉醒来，火车就到了沈阳。在火车站附近我打了一辆车直奔王文力说的那个地址。大概十多分钟的样子，我在一条路灯极其昏暗的马路边下了车，然后照司机的指示走进了一条闭塞的小巷子。

小巷里面很幽暗，我朝里面摸索半天，忽然看到一个黑影依靠在墙角，我以为是一只肥大的野猫，没想到却是王文力。

"家闺，你来了……"他扬起脸，五彩斑斓的；小眼睛里面似乎还有水珠润泽，闪亮闪亮的。

一看他这副模样，我既心疼又生气，两三步就走了过去，抬起腿就踢了他两脚："没出息的家伙，在这里蹲着干吗？"

"我就知道你会来的，为了等你，我才蹲在这儿，我怕你这个路痴找不到我。从小就是，你总爱偷偷跟着我，还总是跟丢，去找雅薇的那次也是。你样样都好，就是认路方面迷糊了点儿。"说完，他自己还"呵呵"地笑了。

"还想着小时候干吗？不知道一切都变了啊！小时候你还说娶我当媳妇儿呢！"

他叹了一口气，说："是啊，都变了，很多人都走散了，我们的容貌也变了，可总归还是有一样没变的。"我望向他的眼，听他说了下半句："你看，你不还在我身边吗？这样多好，多好……"

说着，他环抱着双腿，深深埋下头去："家闺，其实我早就放下雅薇了。当初我休学选择来大连打工，的确是在跟雅薇赌气，可后来在这座城市待的时间长了，我愈发想念当年那个不管不顾陪着我到大连的你。

"你不知道，在大连看到你时，我有多么高兴，又有多么自卑——现在的你是大学生，而我呢，只是个打工仔，叫我如何有勇气开口说'喜欢你'……"

他就这么一直说着，完全没有看到，黑暗里，我悄悄流下了泪，在轻轻抬手将它抹去后，我微微扬起嘴唇笑了。

七、时光未曾苍老 ☆

209

我们就这样，又静默了许久，然后天渐渐亮了起来。在太阳刚要绽放光芒的那一刹那，我轻轻扭过头去，在他的脸颊落下一吻，然后迅速起身，踢了他一脚："喂，我们走吧。"

"去哪儿？"他用手摸了摸脸颊，神情有点困惑。

我扬了扬手里的车票，冲他一笑，然后像小时候那般拖起他的手说："傻瓜，我们回家……"

★青春成长箴言

喜欢"青梅竹马"这个词，两个人从孩提时代一路走来，相互依靠的温暖不是其他人可以取代的。或许最初并没有想象中那般美好，但是能这样一直不离不弃，才是最可贵的。

没有谁的爱情能够永远一帆风顺，在相处的过程中，总会有诸多的磕绊，我们不要在乎磕绊有多大，在乎的应该是彼此间的感情有多深，只要彼此的感情够牢固，那么何畏磕绊？何惧风雨？

我想，生活中应该有很多女孩子像"韩家闺"一样，有着豪情万丈的性格。在爱情中，对在乎的人可以付出一切，再多委屈也能独自承受，只因为爱他，哪怕他不好，也依旧是自己眼里的宝，谁也取代不了。

八、这个世界没有童话

看着纸条上的字，我的眼泪止不住地往下掉。原来，再伟大的爱也抵不过现实的残酷。顾北！你用三两句话就残忍地将我们的感情一下子全部抹掉。曾几何时，我们的笃定，我们对爱情的信仰，还有你许诺给我的梦想都在瞬间变成空谈。

1. 回忆如此美好

顾北是我一辈子再也不愿提起的名字。

如果那天不是在下雨，如果没有那辆疾驰而过的摩托车，或许他还会安安稳稳地一直存放在我的心底，可就是那一刹那，我不小心又想起了他，连同过去我们的点点滴滴。

那一刻，连呼吸都变得如此沉重。

2008年仲夏的雨夜，顾北骑着摩托车载着我，在几近无人的马路上疯狂地疾驰着。

我们一路向北，大风夹杂着豆大般的雨点侵袭着我们全身，我紧紧环着他的腰，脸颊贴在他的后背，用力感受着他身上的温度，然后我听见他在喊："林小沐，我爱你，我要载你去巴黎！"

他的声音那么大，似乎把所有的杂音都比下去了——也对，那一刻，全世界我只听见了他的声音。

我知道关于他喊的那句话，前半句一定是真的，可后半句还须努力。他载着我的那辆摩托车是他从哥们那里借来的，自从当了他的女朋友，最常听到他说的一句话就是："等哥有钱了，一定买一辆超炫的摩托车，到时候走遍全世界。"

每当他这么说，我就安静地凝视他，他看我如此，便接着说："对了，还得载着小妞你！"

"这是你的梦想吗？"我问他。

他听我这么问，也不再嬉皮笑脸，而是很认真地看着我说："对，这是我一直以来的梦想。"我点点头，说了声"哦"。过了半秒，他又瞪大眼睛问我："那你的梦想是什么？"

关于梦想，我从来没有思考过，可我还是不假思索就回答了他："我的梦想很简单，就是有一天你能载着我去巴黎。"

"切！你就骗人吧，那是我刚才胡乱喊的。"他捏着我的下巴摇晃着。我直视着他的眼睛说："可我当真了。"

听了我的话，他笑了，没有再言语，只是给了我一个轻轻的吻，落在我的唇角。

那天是我记忆中最美好的一天。

2. 谁要做你的女朋友

没认识顾北以前，我是个典型的乖乖女，每天除了繁重的课业，就是吃饭睡觉，偶尔也会跑到书店买上几本言情小说，填充一下枯燥无味的生活。

那时，小说看多了，我就会胡思乱想，也期盼现实中出现一个"王子"会带我离开现有的生活，去奔赴一场绚丽的爱情，从此让生活与众不同——就在这个念头常常盘踞在我的脑海中时，顾北恰巧出现了。

和你在一起才拥有全世界

我还记得那天，我按着平常的路线走在上学的路上，走进一条小巷后，身后忽然传来摩托车疾驰而来的声音。

我没多在意，但斜挎身上的包包却在眨眼间被抢走，而自己也差点摔倒在地。等我反应过来，正准备大喊时，那辆摩托车却出人意料地转了回来，停在我面前。

摩托车上的两个人一起摘下安全帽，而我第一眼看到的就是坐在前面的顾北。我看他从坐在车后的人手中拿过我的包包朝我递过来，歉意地眨眨眼说："他只是跟你开个玩笑，真不好意思。"

"嘿嘿，小妹妹，我只是想尝试一下抢劫的感觉，不好意思，把你当实验对象咯！"顾北的朋友一开口，满是油腔滑调。

我没好气地瞪了他一眼，轻念叨一句："神经病！"说完，接过包包准备绕过他们离开。

谁知这时，顾北却忽然叫住我："那个……可以交个朋头吗？留个电话号码好不好？"

我脚步顿在原地，抬眼看了看他，居然鬼使神差地拿出笔在他手心上写下了自己的手机号码，然后话没说一句转身离开了，表情还那样气定神闲。

只听身后传来他的声音："小美女，我叫顾北，记住了，照顾的顾，北方的北，等着我给你打电话……"

那天的事，我其实一直没放在心上，可令我意外的是，顾北真的给我打电话了。

几天后的傍晚，从电话里传来他的声音——他的声音仿佛带有魔力，我忽然一阵心悸，于是又一次鬼使神差地做了一件自己从没想过，也从不敢做的事：我赴了他的约。

在肯德基餐厅里，阳光透过玻璃打在他的白衬衫上，那么耀眼。坐在他对面的我，紧张得不发一言，只顾低着头一口一口地咬着汉堡。

却没想到，他竟"扑哧"一笑，我顿时一愣，看着他伸手抹向我的唇角："干吗吃那么快，我又不和你抢。"

哪有！

我刚想反驳，却发现嘴里已被食物塞得满满的，根本无法出声，没有办法，我只得瞪大双眼来表示抗议。而顾北呢，早在一旁被我逗得乐不可支。

待我咽下最后一口汉堡，问他："你笑什么笑？"

谁知下一秒，他忽然收住笑声，装作一本正经的模样，手杵着下巴作思考状，眼神却偷偷扫视着我，说："我在想，如果以后我找了你这样的女朋友，这么能吃，该怎么办？"

"谁说我能吃了，我才吃了一个汉堡！"我赶忙强调。

"那你的意思是？"顾北的眼眸中忽然透露出万丈光芒。

就在这一刻，我才彻底反应过来，原来自己落入了他的圈套。心慌意乱的我，赶忙解释："我不是那个意思，我很能吃，不不不，我真没你说的那么能吃，还有，谁说要做你女朋友了……"越说越乱，最后那句话几近无声。

等我调整好情绪，再抬头看向顾北时，他却好像早已跳出话题，径自吃起汉堡来。却不知道，对面的我，心里早已经小鹿乱撞，分不清东南西北。

3. 我们私奔吧

自那天起,我的世界多了他的身影,我的生活开始变得不平凡起来。或许,这才是我真正想要的。

顾北常常带着我和他那帮哥们厮混在一起,一玩就是大半夜,在不知不觉中,我便成了他的女朋友,尽管他嘴上从来没有承认过,可他那帮哥们一直称呼我为"北嫂"。

每当听到这个称呼,我都暗自窃喜。直到有一天……

"小沐,有个女生找你。"门外的一位同学喊我,那时我正在写短信,还没按发送键,便感觉有人在向我靠近,没来得及抬头,脸上便觉火辣辣的,耳朵瞬间轰鸣。

我被打了。打我的是一个着装妖娆,表情愤怒的陌生女子。

我从没受过这种待遇,一时间不知所措,于是僵坐着听她指着我骂——很多污秽不堪的词语从她口中说出来,又都被我自动过滤掉,唯记得一句:"以后你离顾北远点儿,我才是他真正的女朋友,你个小狐狸精。"

待她走后,那句话在我耳朵里回荡了数万遍,每一遍都让自己痛彻心扉。怪不得顾北从来不开口承认我是他女朋友,原来他有女朋友,难道当初在肯德基餐厅里,他真的只是在逗我开心吗?我于他而言到底算什么?没有人给我一个准确答案。

被人打不是什么光彩的事，况且还是因为错乱不堪的感情——自己无缘无故就成了别人眼里的狐狸精，同学们议论纷纷引起了老师的注意，我最终还是被叫进了办公室。

面对老师的质问，我沉默不言。然后打电话，叫家长，我的生活一下子变得紊乱起来。

那天之后，妈妈对我几乎是形影不离，无论我做什么，都好似有一双锐利的眼睛在盯着我，让我浑身不自在。那段时间，我没法和顾北联系，但每天晚上他都会悄悄潜入我的梦。

梦里，他骑着摩托车载着我，像风一样朝远处奔驰，他大声喊着："林小沐，我要载你去巴黎！"

就当我正想如他一般呐喊时，一阵急促的敲门声却把我从睡梦中唤醒，妈妈端着牛奶和早餐进来，嘱咐我好好学习，可我的心却满是厌烦。

半个月后，我迎来命运的转折点——高考。或许是我心有旁骛，我的成绩并不理想，只考上一所三流大学。

拿到录取通知书的那晚，妈妈再无好脸色，她歇斯底里地冲我咆哮："我每天起早贪黑为了谁，还不是为了你！你怎么那么不争气？念这样的大学，以后还能有什么出息？

"我问你，你考成这样，是不是跟那个小流氓有关系？你天天跟那种人在一起，你还能好到哪儿去？"

她的话像一根根尖锐的刺，扎在我心房最柔弱的地方，霎时，泪如决堤。

爸爸紧锁着眉头，良久，他开口说："让小沐出国留学吧，总比这里强。"妈妈看了我一眼，停止了抱怨，说了声"好"。

"我不去。"我皱着眉头说。

"你不去？你要是在这念大学，一辈子都没出息！这事儿没商量，必须听我跟你爸的！"妈妈像被踩了尾巴似的，尖叫着说，我听着只觉聒噪。

"有出息，有出息，你就会说这一句！从小到大，总是你们替我做主，就连上哪所学校，交什么样的朋友，都得听你们的，这种生活我受够了！"我的脸涨得通红，看着不为所动的父母，我的心渐渐凉了下来。

几天后的一个晚上，我与他们再次争吵，盛怒之下摔门而出，在大街上狂奔许久，却突然发现自己竟无处可去。这时，顾北的脸出现在我眼前，于是我拦下一辆出租车去了他住的地方。

顾北见到我，一脸惊讶，他替我付了打车钱，把我紧紧抱在怀里。贴着他的胸膛，我开始低声啜泣。

他住的地方很小，一个放衣服的柜子，一张床，和一些洗漱用品，很简单，却也很凌乱。刚开始我们什么都没做，只是静静躺在床上，待我眼泪流干，我开始抱怨，开始倾诉。

他搂着我的肩膀静静听着，之后又急匆匆地解释。他告诉我那个女孩的确是他女朋友，可是从现在起我才是。

我抱着他，终于破涕而笑。想了想，我说："顾北，我们私奔吧，我想离开这儿。"

顾北也笑了，轻轻弹了一下我的额头："你个小丫头，瞎想什么呢？往哪儿奔啊？"我看着他墨黑色的眼眸，开始静默了。

过了一会儿，他忽然趴在我耳边说："好，林小沐。明天，我就带你离开，我们去上海，过属于我们的日子，好不好？"

然后没等我开口，他翻一个身压在了我的身上，一个吻淹没了所有。

4. 我们忽略了现实

第二天，顾北果真没有食言，他简单地收拾了一下，然后锁上那间屋子的大门，带着一个小行李箱和为数不多的积蓄，牵着我的手，就这样毫无留恋地离开了。到了火车站，我们买了两张前往上海的车票，我们的私奔之旅正式开始了！

坐了十多个小时的火车，我们终于抵达上海。那是在夜间，灯红酒绿，一片繁华，车水马龙的大街，霓虹灯几乎晃花了我们的眼。

顾北伸展着手臂，来一次深呼吸，然后对我说："我们真来对了地方，看着吧，新生活才刚刚开始呢！"

那一刻，我也是这么感觉的，仿佛人生中所拥有的美好才刚起步，所以我用尽自己最大的力气，紧紧抱住了顾北。

只可惜，我们忽略了现实，上海的奢侈生活和我们的身价并不匹配。我和顾北找过数十家旅店，可价格都不是我们能承受的，最后为了不露宿街头，我们只能找到一间逼仄的地下室，和老板商议价钱后租住下来。

在上海，我们一天也不能闲适，从来没工作过的我在一家小饭店当服务员，而顾北为多挣一点钱选择去工地做体力活，每天都汗流浃背，深夜而归。

我拿湿毛巾给他擦脸擦身，看到他后背不知被什么东西划破后留下的红血印，就默默掉泪。可每当这时，他不知从哪儿变出一朵玫瑰放在我面前。

"漂亮吗？你看，这花多像你……"他冲我笑着，我还没来得及擦眼泪，便一下扭头过去，却不小心碰到他后背的伤口，他疼得龇牙咧嘴。我心疼他却不知怎么开口，便顺嘴一说："你看这玫瑰都蔫了，哪儿像我？"

瞬时，他的笑僵在脸上，眼睛里刚才还发着光，此刻却黯淡下来。过了一会儿，他无比认真地说："小沐，现在的我只给得起你这个，等以后有钱了，我一定买一大束给你，九十九朵。"我看他那么认真的表情，忽然间又想哭了，可我憋了回去，什么话也没再说，只是半跪着起来，将他的脑袋埋进了我的怀中。

尽管我们那么努力，生活却还是没有一点起色，或许一直以来我们错了，上海并不适合我们。顾北还是成天早出晚归，疲惫不堪的他不再像一开始那样给我一些浪漫和惊喜。而我在这家小饭店，每天一遍遍端盘子，擦桌子，看着来来往往的客人，表情始终木然。

忘了是哪一天，饭店关门的那一刹那，同事徐杰叫住了我，他递给我一个袋子，里面装了几个桃子。他说："看……看你最近脸色不好，这……这是我家的……桃……桃子，给你……"

徐杰说话向来磕巴，平时别的同事很少搭理他，只有我偶尔会和他说说话。看他一直伸着手等我接袋子，我没有要别人东西的习惯，可是我想到了顾北，于是就伸手接下了，说了声"谢谢"之后，我便马不停蹄地往回赶。我想在他回来前洗好桃子，给他一个惊喜。

可是一切都没有我想象的那么顺利，当我洗好桃子等到他回来时，没想到还未等我开口，他便指着那些桃子质问我："这些桃子是谁给你的？"

"同事。"我被他的反应吓着了，嘴里只淡淡吐出两个字。

可他依旧不罢休："是个男的吧？我都看见你们拉拉扯扯了，你是嫌我养不起你了吗？"他踢翻了装桃子的盘子，桃子滚得到处都是。我红了眼眶："没有，顾北，我没有那个意思……"

"这些日子很累，所以有些忽略了你，今天我还特意去了糕点店买了你喜欢吃的蛋糕。可你呢，你都做了什么？我真可笑！"

顾北从身后拿出我以前最爱吃的慕斯蛋糕，不假思索地狠狠摔在地上，奶油弄得地板一片狼藉。

我再也抑制不住，号啕大哭："顾北，我没有，你相信我，没有……他只是我的一个同事而已，那些桃子是我想给你吃才留下的……"

听了我的话，顾北怔在了原地，刚才紧绷的神经似乎松懈了一些。可我被他这么一闹，这些日子以来所有的委屈都涌上心头，我哭声渐大，挪了一点身子抱住他的双腿。

我说："顾北，我们好好的，好不好？我知道你很辛苦，你很累，所以我们好好的，好不好？"

半晌后，顾北弯下身来将我紧紧拥在怀里，他的身子不断抖动着，我知道他也哭了，他的泪水掉在了我的颈窝，冰冰凉凉。他凑近我的耳边说："好，我们好好的，都要好好的……"

那天晚上，我们忘却了这些日子的所有疲惫，他抱着我入睡，朦胧间，我仿佛听见他说："等着吧，小沐，会有好的那一天的。"

5. 生活回不到最初的美好

对于顾北说的话，我真的分不清是现实还是梦境。可神奇的是，那天过后，好日子似乎真的来临了。

不到一个星期，顾北忽然挣了好多好多钱，足足有几千块。我还来不及问钱来的来由，便被他拉扯着进了一家大型商厦，逛了一圈下来，给我买了一套青花瓷样式的连衣裙，和一双金光闪闪的高跟鞋。

换上这些新衣，站在镜子前的我，就像被施了魔法的灰姑娘。

看着换上新装的我，顾北满意地笑了，说："林小沐，你就应该是这个样子，以后我要让你过好日子！"他的笑容真美好，我看着看着就入了迷。

那一天他替我向老板请了假，陪了我整整一天。我们去游乐场，玩过山车，我忍不住兴奋地尖叫，他就看着我一直笑。

后来我们坐摩天轮，小小的格子屋，他环着我的腰，我坐在他腿上，侧过脸去和他接吻——从上去一直吻到下来，我们错过了最高处的风景，可是没有错过享受彼此间甜蜜的气息。

那一刻，充斥在我胸腔的，全是满满的幸福。

临近傍晚,他牵着我的手慢悠悠地往回踱步。我们走在青石板的小路上,身侧是一个很大的湖,夕阳的余晖洒在波光粼粼的湖面上,泛起层层金光。

我们路过糕点店时,他带着我进去,让我选一款蛋糕。我指着那个小熊形状的蛋糕说:"要那个。"出来后,我们边走边吃,他坏极了,趁我不注意时,将奶油涂在我的脸上,然后再装作若无其事地用他的嘴轻轻吻去。

我们一路嬉笑打闹,仿佛回到了以前那种惬意的日子。

记得初识的时候,他约我出去,我们一同去了县城的海边,刚开始我很拘谨,静静坐在一旁观海,而他也看似有些紧张,一边说话,一边不停地往海里投石子。

后来他终于起身,脱掉鞋,光着脚丫,挽起裤脚,踩着柔软的细沙奔跑,一边冲我喊:"林小沐,你敢不敢下来?敢不敢下来?胆小鬼……"

那时的我,最禁不起别人激,于是三下五除二也脱去鞋子,和他蹦跶在海里,闹了起来。

谁知,一个重心不稳整个身体仰过去,"扑通"一声,溅起好大水花,我通身湿透,逗得他捂着肚子笑了半天……

忽然间,生活给予的美好,让我想起很多往事。要是能一直这样,那之前受的苦也算不了什么,因为一切都是苦尽甘来……只可惜的是,美好的东西往往是幻象,好日子并不长久。

一天早上,顾北接到一个电话后,脸上写满了慌乱和紧张,他随手拿了件外套,穿上一只袖子就往外走,一头撞上迎面拿着早餐走来的我。

顾北没有说什么，急匆匆地跑了出去。我冲着他的背影喊："你干什么去？这么着急……"可是他没有回答。我眼睁睁看着他的背影缩成一个小点，然后消失不见。

到了晚上，我下班回来，看见一脸憔悴的他仰躺在床上，目光怔怔地看着天花板。我蹲下身来问他："怎么了？"他忽然一把将我搂在怀里，很长时间没有说话。

我不知道他是怎么了，却不敢再轻易开口询问。又过了一会儿，他终于开口："小沐，别担心，等我挣了大钱，我们就离开上海，去个小地方过平静的日子吧。"

我没有再多问，只轻轻说了一声："好。"

躺在他的怀里，我困意渐生，快要睡着的那一刻，我说："睡吧，顾北，明天我告诉你一个秘密……"

6. 跟童话说声再见

那晚我没想到醒来的那一刻，一切都发生了天翻地覆般的变化——顾北不见了，我的脖颈还残留着他手臂的温度，可是却看不见他的身影。

那一刻的我还没有惊慌，以为他又会像从前那样给我准备小惊喜，可直到看到地板上留下的一沓钱和一个小小的纸条，我才明白他是真的不要我了。

纸条上清晰地写着:"小沐,对不起,来到上海之后,我才发现自己的力量是那么微薄。我给不了你想要的幸福,是我没本事,养不起你,养不起我们的爱情,所以,原谅我的不告而别吧,这些钱留给你,去过新的生活吧!"

看着纸条上的字,我的眼泪止不住地往下掉。原来,再伟大的爱也抵不过现实的残酷。

顾北!

你用三两句话就残忍地将我们的感情一下子全部抹掉。曾几何时,我们的笃定,我们对爱情的信仰,还有你许诺给我的梦想都在瞬间变成空谈。

那一天,我把纸条看了一遍又一遍,流干了所有的眼泪,从白天到黑夜,耗尽了一天时光,也终于让我想明白:爱情,在面对一些东西时,真的会显得苍白无力。

没有了顾北的上海,我一个人真的没办法生存。看着地板上的那些钱,我最终做了一个决定:明天回家。

次日清早,我收拾好东西,敲开了租主的房门,准备把钥匙还给他,顺便退回一些房租。租主在忙着做早饭,先把我请到屋里,让我稍等片刻。

客厅的电视开着,里面播放着早间新闻,我不经意扫过的一瞬间,忽然一个熟悉到不能再熟悉的身影闯入我的视线——那浅蓝色的上衣,显得有些破旧的牛仔裤,头像虽然打了马赛克,可日日夜夜睡在身边的人,我又怎会认不出来?

电视机里传来主持人的播报声:近期的几起马路持刀抢劫案终于在昨晚凌晨一点左右破获,犯人想通过偷来的摩托车潜逃,被警方拦截。据查证，犯人顾某今年23岁，因生活所迫所以持刀抢劫，同时，还有一名犯罪同伙未抓获……

我整个人僵硬地站在原地，包不知何时从手中滑落，那里面还有顾北留给我的钱。

原来，一切都不是我所想象的那个样子，顾北不是不爱我，也不是不愿承担，只是他一开始就选错了方式。

回想这些日子，其实都怪我，是我一步步将他推进了这个火坑。如果不是我让他带我离开，如果我没有嫌弃他送的玫瑰，如果我没有接过徐杰给的桃子，或许一切就不会是这个样子。只可惜，世界上没有如果……

我看着电视里的顾北被押上警车，一闪而过，然后电视换了画面。

忽然间，我就想起我们最初的那次见面，他有些歉意却又十分帅气的脸，就那样蛊惑了我的眼。还有那个雨夜他骑着摩托车带着我疾驰，他对我许诺爱情，许诺梦想。还有他带我去游乐场那天，我们在摩天轮上不间歇的亲吻……好多好多，回忆像涨潮的海水扑面而来，不知不觉间，泪水又一次涌上我的眼眶，当它们坠落的一刹那，我的心就那么死去……

顾北的出现，给了我一场童话，可是现实又带走了它。原来，世界上并不存在童话……

顾北，你是我不后悔的遇见，却成了我毕生不敢提及的隐痛。还记得那晚我说的明天会告诉你的秘密吗？真不幸，你的离开让它变成了永远的秘密，或许你永远不会知道，其实我已经怀了你的宝宝。

租主退还了剩余的房租，送我出门了。门关上的那一刻，我蹲下身来，双臂环抱着膝盖，深深闭上了眼。

★青春成长箴言

"你哭着对我说，童话里都是骗人的，我不可能是你的王子……"还记得当初光良那首充满温情的《童话》吗？它动人的旋律至今还回荡在我的耳畔，也许，不经意间，我们还会轻轻哼唱。

故事中那样纯真的少年，一直是我想遇见的，我最怀念十八九岁那样的年纪，简简单单，喜欢着某一个人的心情，那种看到他就很快乐的心情，也许，你也一样。

如今，时光真的在渐渐老去，我们都再也回不去那年的纯真了。当年的我们，都曾期冀过童话般的爱情。也许，经历过一番激荡后，我们会发现，现实中可能没有童话，但请相信：现实中一定会有爱你的他。